Prolog

„Verbena, welch Freude Euch wiederzusehen."

Verbena schloss Larix in ihre Arme. „Es ist mir eine Ehre Euch hier begrüssen zu dürfen. Was sind die Gründe für Euer Kommen?", fragte sie und liess Larix los, um ihn betrachten zu können.

Er griff nach ihren Händen. Langsam näherte sich sein Gesicht ihrem Ohr.

„Ihr seid der Grund." Die beiden blickten sich tief in die Augen.

„Kommt rein. Wollt Ihr speisen?" Larix winkte ab. Er habe schon gegessen.

„Dann lass mich Euch wenigstens ein Glas Honigwein einschenken. Ich weiss, dass dies Euer liebstes Getränk ist."

Während er sich nickend setzte, schenkte Verbena ihm ein.

„Wir sind alleine im Haus", schmunzelte sie verführerisch und gesellte sich zu ihm, während er seine Toga auszog. Er lächelte sie an, bevor er ernst wurde.

„Verbena, ich habe schlechte Neuigkeiten."
Verbena richtete sich gerade auf.

„Was ist passiert?"

„Im Nachbarsdorf wurden wieder Vampire gesichtet und Leichen gefunden. Den Spuren zufolge wurden sie von Vampiren getötet. Ich war selbst dort, um mich mit eigenen Augen zu vergewissern, ob dies wahr sei. Eindeutig. Sie waren es.", berichtete er.

Verbena griff nach seiner Hand und umschloss sie mit ihren Händen. Ihre Wärme war verschwunden. Die Hände eiskalt.

„Ihr denkt doch nicht, dass...", flüsterte sie ängstlich.

Stumm nickte Larix. „Doch, genau dies denke ich." Er holte tief Luft. Es fiel ihm unglaublich schwer Verbena diese Last aufzutragen.

„Sie haben uns nach all den Jahren gefunden."

Sie schüttelte fassungslos den Kopf. „Das ist unmöglich! Ich habe doch einen Schutzzauber auf uns beide gelegt."

Er wischte ihr eine Träne von der Wange.

„Verbena, sie sind Vampire. Sie haben Macht. Wahrscheinlich wird ihnen eine Hexe oder ein Hexenmeister geholfen haben. Ihr wisst, wie es um den Zusammenhalt der Hexen steht."

„Aber gibt es keinen Ausweg?", schluchzte Verbena.

„Ich fürchte nein", seufzte er, „sie haben erfahren, wie mächtig Ihr seid. Und dass Ihr die Auserwählte seid, auf die die gesamte Schattenwelt ungeduldig wartet."

Verbena konnte ihre Tränen nicht mehr unterdrücken. Schluchzend schmiegte sie sich an Larix Schulter.

„Larix, ich habe Angst. Fürchterliche Angst."

„Alles wird gut, Verbena", hauchte er, nahm ihren Kopf in die Hände und küsste sie sanft. Seine Lippen weilten einige Sekunden auf ihrer Stirn.

„Larix?" Ihr Atem ging stockweise. Sie sah ihm tief in die Augen, als könne sie in seine Seele blicken, bevor sie nach ihrer Kette mit dem Pentagramm Anhänger griff. Der Anhänger war in der Mitte des Sternes mit einem grossen, schwarzen Stein geschmückt. Er war einzigartig. Nicht ersetzbar. Sie hatte diesen Anhänger mit Magie getränkt. Unglaublich starker Magie.

„Ich habe mich auf die Vampire vorbereitet. Ich wusste, dass sie irgendwann kommen werden. Versprecht mir, dass Ihr diesen Dolch wie euren Augapfel hütet."

Sie hielt inne und holte einen schwarzen Dolch hervor. Am Griff befand sich eine grosse Einbuchtung. Verbena löste das Amulett von ihrer Kette und steckte den Pentagramm Anhänger in die Einbuchtung. Er passte perfekt. Sie drückte Larix den Dolch in die Hand, bevor sie stockend fortfuhr:

 „Setze diesen Dolch erst ein, wenn Ihr mir begegnet, obwohl ich tot bin. Es gibt eine Menge, was die Schattenwelt über die Ausserwählte nicht weiss. Versprecht mir, dass Ihr dann mein zweites Ich töten werdet. Versprecht es mir!"

Seine meeresblauen Augen weiteten sich geschockt. Doch dann nickte er langsam. Er wagte nicht zu fragen, was genau sie damit meine.

„Verbena, ich verspreche es Euch."

Verbena schlang ihre Arme um seinen Hals. Ihre Lippen trafen sich. Der Kuss war voller Liebe. Allerdings schwang er trotz der süssen Wonne auch Verzweiflung und Dunkelheit mit. Die Intensität verstärkte sich. Der Kuss wurde immer leidenschaftlicher. Als sie in seine Augen schaute, konnte sie ohne Zweifel sehen, dass er sie mehr liebte als alles andere.

Mitten in der Nacht wurden die beiden plötzlich wach, als die Haustür aufgerissen wurde und Schreie erklangen.

„Wo seid ihr?", brüllte eine laute Stimme. Die schweren Schritte hallten durch das ganze Haus.

Larix kniete hinter einer grossen Kommode. Verbena lag versteckt unter dem Bett. Die beiden hatten Angst. Was war, wenn man sie entdecken würde? Ängstlich ballte Verbena ihre Hände zu Fäuste.

„Wir haben keine Lust auf ein Hexenverstecken. Also raus mit euch und zwar sofort!"

Die Schritte näherten sich den Verstecken der beiden. Verbena hielt die Luft an und schloss die Augen, als sie die Sandalen der Vampire dicht neben ihrem Kopf erkennen konnte. Als sie die Augen wieder öffnete, war nichts mehr von den Vampiren zu sehen.

Plötzlich hörte sie einen Schrei. Ihr wich die Farbe aus dem Gesicht. Denn sie erkannte die Stimme, ohne auch nur eine Sekunde nachzudenken.

Larix!

Panisch sprang sie aus ihrem Versteck.

Larix wurde von zwei Vampiren festgehalten. Entsetzt blickte Verbena ihn an.

„Lauf, Verbena lauf!", krächzte Larix.

Sofort wurde der Griff um seinen Hals stärker.

„Das lässt du schön bleiben, Hexenflittchen", fauchte einer der Vampire.

„Du weisst genau, was wir von dir wollen! Also - Her damit!"

„Niemals", schrie Verbena.

Sie stürzte sich auf die drei Vampire, wurde jedoch schnell von ihnen gepackt.

Wütend murmelte sie: „Dolēre!" Den Vampiren durchfuhr ein fürchterlicher Schmerz. Schnell liessen sie die Hexe los. Diese Gelegenheit wollte Verbena nutzen, um zu fliehen. Allerdings erholte sich einer zu schnell wieder von den Schmerzen, welche Verbena ihm zugefügt hatte. Er biss sich in das Handgelenk und zwang Larix das Blut, welches aus der Wunde tropfte zu trinken.

„Nein!", schrie Verbena aus voller Kehle. Sie wollte zu Larix rennen, doch ihre Füsse waren schwer wie Blei. Schluchzend war sie gezwungen mitanzusehen, wie der Vampir Larix tötete, als dieser das Vampirblut getrunken hatte. Wie ein schwerer Sack Kartoffel fiel Larix zu Boden und blieb regungslos liegen.

Verbenas Körper erschlaffte. Widerwillig liess sie sich von den anderen zwei Vampiren packen.

Larix!

Ihr kleiner Hoffnungsschimmer hatte sich in Luft aufgelöst.

„Tja, Ihr solltet es Euch noch einmal gut überlegen, ob Ihr uns tatsächlich nicht helfen wollt."

„Larix soll danach frei gelassen werden."

„Erlöst uns!"

„Versprecht es mir", schniefte sie mit geröteten Augen und Nase. Ihre Hände zitterten.

Ein leichtes Nicken durchfuhr die Vampire.

Verbenas Blick wanderte zu Larix, welcher noch immer am Boden lag. Es schien, als schlafe er friedlich. Doch der Anblick täuschte. Sein Körper bereitete sich gerade auf die Verwandlung vor.

Sie war sich sicher. Wenn er jetzt aufwachte, würde er nicht mehr der sein, den sie einst geliebt hatte. Sie konnte nicht mehr darauf beharren, dass er ihre Doppelgängerin töten würde. Wie lange würde er noch sich selbst sein, bevor der Vampir in ihm ihn übernahm? Sekunden, Stunden, Jahre oder vielleicht doch noch Jahrhunderte?

Völlig niedergeschlagen löste sie ihren Blick von Larix. Sie musste es tun. Denn sie war sich bewusst, dass sie keineswegs lebend hier herauskommen werde. Ihre einzige Hoffnung hatte sie Larix zugeschrieben. Ihr blieb keine andere Wahl.

Verbena zündete eine Kerze an. Sie schloss ihre Augen und murmelte konzentriert und leise eine Zauberformel. Wieder und wieder wiederholte sie den gleichen Satz. Als sie ihre Energie aus dem Kerzenlicht zog, begann die kleine Flamme im Rhythmus hin und her zu wippen. Dabei wuchs die Flamme stets. Plötzlich formte sie sich in eine Gestalt.

Die Vampire keuchten erschrocken auf.
Doch Verbena liess sich nicht beirren.
Stattdessen schrie sie:

„Haltet euch alle an den Händen fest!
Nehmt auch Larix's Hand."

Sie bemerkte die verstohlenen Blicke nicht,
welche die Vampire untereinander
austauschten. Sie waren verunsichert, ob
sie einer Hexe trauen konnten. Doch
schliesslich reichten sie sich die Hände.

Verbenas Haut fing leicht zu glühen an.
Durch die Kerze erlangte sie immer mehr
Kraft. Schon beinahe zu viel Energie für
ihren zierlichen Körper. Wie vom Blitz
getroffen, öffnete sie die Augen und packte
die Hand eines Vampires, welcher alle
anderen festhielt. Aus ihrer Kehle drangen
krächzende Rufe. Alles begann sich zu
drehen. Die Vampire klammerten sich
verzweifelt fest. Die Kerze löschte und
zündete sich von selbst wieder an.
Dutzende kleine, schwarze Gestalten
entsprangen kreischend aus dem
Kerzenlicht. Mit lauten, schmerzverzerrten
Schreien huschten die Gestalten umher.
Plötzlich schossen sie alle aufeinander zu
und sammelten sich zu einem riesigen
Dämon. Ein schwarzer Dämon mit

rotglühenden Augen, spitzen Haifischzähnen und dutzende Armen, welche man mit denen eines Oktopusses vergleichen konnte. Aus den Finger wuchsen lange, schwarze Krallen. Vom Kopf hingen mehrere kleine Schlangen hinunter. Der Dämon war riesig. Es schlug aufgrund seiner Grösse beinahe mit dem Kopf an der Decke an, hätte es nicht einen unglaublich gekrümmten Rücken gehabt.

«Verbena!», zischte es wütend.

Verbena liess sich nicht aus der Fassung bringen. Sie richtete eine Hand auf den Dämon. Dieser packte sie an den Haaren und versuchte sich einen Weg in ihren Körper zu bannen. Verbena versuchte es zu verhindern. Allerdings war der Dämon ihr überlegen. Geschwächt gewährte sie den Geistern Eintritt, während sie noch immer eine Zauberformel murmelte. Eine Zauberformel, welche die Geister zwang den Fluch aus den Vampiren, die durch sie verbunden waren, in sich selbst zu saugen.

Die Geister kreischten erschrocken auf, als sie erkannten, mit welcher List sie hintergangen wurden. Das Kreischen ging durch Mark und Bein, bevor sich die Geister in Luft auflösten. Ein energiereicher Strom floss von Verbena in die drei Vampire, wie auch in Larix, welcher noch immer nicht aufgestanden war. Die Vampire schrien auf. Schmerzen. Es waren Schmerzen, welche sie noch nie gespürt hatten. Es schien, als ständen sie mit angefesselten Füssen im Fegefeuer. Es schien, als verbrenne sich ihre Haut von innen. Mit schmerzverzerrten Gesichtern liessen sie sich auf die Knie fallen. Die Schmerzen waren nicht mehr auszuhalten.

„Finis!"

Ein schwerer Wind ging von Verbena aus, welcher die Kerze endgültig löschte.

Erleichtert stöhnten die Vampire auf, als ihnen bewusst wurde, dass die Schmerzen langsam nachliessen.

„Ich bin fertig", flüsterte Verbena. Ihr war übel und sie hatte starkes Nasenbluten. Mit dem Handrücken versuchte sie das Bluten zu stoppen. Doch es schien, als wolle es gar nicht mehr aufhören zu bluten. Der Zauber hatte ihr mehr Kraft geraubt, als erwartet. Ihr Optimismus und ihre Lebenskraft waren verschwunden.

Ihre Hände zitterten. Kritische Blicke wurden ihr zugeworfen. Die Vampire wussten noch immer nicht, ob man ihr trauen konnten.

„Ihr vier werdet die Einzigen sein, welche von nun an unter die Sonne treten könnt. Jeder Vampir, welcher durch euch erschaffen wird, wie auch die, welche eure erschaffene Vampire erschaffen, werden unter die Sonne gehen können."

Ihr Blick schweifte zu Larix, welcher völlig benebelt versuchte aufzustehen. Seine Haut war bleich. Unglaublich bleich. Dunkle Augenringe waren zu erkennen. Die Verwandlung hatte stattgefunden. Er war ein Vampir, kein Hexenmeister mehr.

„Damit du uns nicht veräppelst, schicken wir deinen Geliebten nach draussen."

Ohne eine Sekunde abzuwarten, packten sie den noch immer geschwächten Larix und stiessen ihn nach draussen.

Larix schloss die Augen und schrie laut. Angst durchströmte ihn. Dies war sein Tod, wenn Verbena einen Fehler begangen hatte. Mit seinem inneren Auge konnte er das helle Licht schon sehen. Wo würde es ihn hinbringen? In den Himmel oder in die Hölle?

Nichts! Er spürte nichts. Kein Kribbeln, kein Schmerz, welcher seine Seele aus ihm riss. Absolut nichts. Verwirrt schlug er die Augen auf.

Die Sonne blendete ihn. Seine Blicke schweiften nach unten und schliesslich zu seinen Armen und Händen. Er wusste nicht, ob er nun schon tot war. Er konnte es sich nicht vorstellen, dass Verbenas Zauber funktioniert hatte. Er wendete sich zur Haustür und erblickte Verbena und die drei anderen Vampire. Ihre Kinnladen klappten herunter.

Es funktionierte!

„Tut uns leid, Verbena, aber leider können wir dich nicht einfach so zurücklassen."

Bevor Verbena ihrer Gefahr bewusst wurde, stand ein Vampir auch schon hinter ihr und riss mit einem lauten Knacksen ihren Kopf von den Schultern.

Ihr schlaffer Körper sank in sich zusammen. Grinsend hielt der Vampir ihren Kopf in die Höhe.

Larix schrie und rannte zu Verbena. Das Blut beschmutzte den Boden. Dunkelrotes Blut. Langsam breitete es sich wie ein Teppich aus. Larix kniete sich zu ihrem Körper nieder.

Grinsend warf der Vampir Verbenas Kopf in Larix Schoss.

Verbenas Anblick lähmte Larix. Er beugte seinen Oberkörper zu Verbenas Haupt und weinte. Weinte um sie, weinte um ihren Anblick, weinte, weil man ihm das Wichtigste im Leben genommen hatte. Seine Tränen fielen auf ihr Gesicht. Er hatte sie geliebt. Wahrhaftig geliebt! Schluchzend küsste er sie auf die Stirn, bevor er sich seine Tränen aus dem Gesicht wischte und aufblickte.

„Weshalb habt ihr das getan?", brüllte Larix wütend.

„Denkst du wir wollen, dass sich dieses Hexenflittchen an uns rächt und uns vernichtet ", fauchte der eine, „und jetzt verschwinde! Sonst kannst du deine Geliebte gleich im Reich der Toten besuchen!"

Larix warf einen letzten Blick auf Verbena und strich ihr vorsichtig über die Wange, bevor er langsam aufstand „Auf Wiedersehen, meine Geliebte. Du wirst immer in meinem Herzen bleiben." Ein letztes Mal blickte er die Vampire mit einem vernichtenden Blick an, bevor er sich endgültig entschied zu gehen und davonflitzte. Eines schwor er sich. Er würde Verbenas Doppelgängerin finden. Er würde sie finden und töten. Auch wenn er dafür sein Leben aufs Spiel setzen musste.

In den nächsten Jahren änderte sich vieles. Die drei Vampire gründeten den hohen Rat, da sie, abgesehen von Larix, die einzigen waren, welche an die Sonne gehen konnten.

Dadurch wurden sie verehrt und zu den ersten Monarchisten in der Geschichte der Vampire geklärt. Aufgrund ihrer Macht gelang es dem hohen Rat zwei unglaublich mächtige Hexenzirkeln aufzutreiben, welche die Vampire spezialisierten. So entstanden die Uitares, die Alterars, die Visions und die Voiajors. Jede Art besass eine besondere Fähigkeit. Die Uitares beherrschten die Gedankenkontrolle, die Alterars hatten Macht über die vier Elemente, die Visions konnten in die Zukunft blicken und den Voiajor war es möglich in die Vergangenheit zu reisen.

1957

Es war Nacht. Die Dunkelheit umschlang den Bahnhof, welcher abgelegen am Stadtrand lag. Die Züge standen still. Alles war dunkel und menschenleer.

Mit gesenktem Blick huschte ich an einer flackernden Strassenlaterne vorbei. Meine Kapuze war tief ins Gesicht gezogen. Ich hatte Angst. Paranoide Angst, dass ich verfolgt wurde. Doch weder hörte, noch sah ich jemanden. Trotzdem nagte diese packende Angst an mir.

Ich war überhaupt nicht die Art von Typ, welche zu später Stunde nach Hause kehrte. Normalerweise lag ich schon um neun Uhr abends im Bett und las. Ging weder zu Geburtstagen, geschweige denn zu Partys. Dafür war mir die Rolle als Einzelgängerin einfach zu vertraut. Ich wusste, wie man alleine überlebte. Ich musste mich auf niemanden verlassen. Liess mich von niemandem verletzen, sondern sass einfach nur ruhig in der Ecke und beobachtete. Beobachtung war das A und O eines Einzelgängers. Man wurde von niemandem wahrgenommen, wusste jedoch über alles Bescheid.

Trotzdem war ich der Botschaft gefolgt, welche ich heute Morgen in meinem Briefkasten gefunden hatte. Eine völlig hirnrissige Idee, wenn ich nun so zurückdachte. Was hatte mich bloss geritten, mich mitten in der Nach mit einer völlig unbekannten Person zu treffen.

Als ich die Botschaft gelesen hatte, schien als sagte mir eine Stimme in meinem Kopf, dass ich dies machen solle. Das dies meine Bestimmung war. Die Stimme hörte sich fremd an. Als hätte sich jemand Zugang in meinen Kopf verschafft.

Als ich heute Abend mein Haus verliess, kam es mir so vor, als hätte diese Stimme meinen ganzen Körper übernommen. Ich hatte keine Ahnung, wo sich die vorgeschriebene Adresse befand. Trotzdem stand ich nun hier. Nicht weit entfernt vom Bahnhof in einer Seitengasse.

Meine Augen, welche sich langsam an die Dunkelheit gewöhnt hatten, konnten nichts Ungewöhnliches feststellen. Vor mir mein Schatten, welcher durch eine Strassenlaterne hinter mir in die Gasse geworfen wurde. Neben mir standen drei grosse Müllcontainer. Das war's. Mehr befand sich hier nicht.

War dies alles bloss ein dummer Scherz? Hatte ich mir diese Stimmen etwa eingebildet? Allerdings sagt mir mein sechster Sinn, dass hier etwas ganz und gar nicht stimme.

Ich hob meinen Kopf und blickte mich ein weiteres Mal um. Hatte ich vielleicht etwas übersehen? Nichts, absolut nichts.

Ich senkte den Blick auf meine Schuhe, als ich vor mir einen zweiten Schatten wahrnahm.

Panisch drehte ich mich um. Ich keuchte auf, als ich eine grosse Gestalt vor mir sah.

„Endlich habe ich dich gefunden", grinste die Gestalt schälmisch. Ich erkannte weisse, unglaublich weisse Zähne. Kälte durchbohr meinen Körper. Angst raubte mir die Stimme. Was hatte er mit mir vor? Wollte er mich entführen, vergewaltigen oder gar töten? Mein Herz raste. Ängstlich sah ich ihn an. Er trat einen Schritt auf mich zu. Als hätte er meine Gedanken gelesen, antwortete er:

«Ich werde dich weder entführen, noch vergewaltigen. Ich werde dich töten!»

Er sagte dies mit solch einer Leichtigkeit, dass ich laut aufgelacht hätte, stünde ich nicht mitten in der Nacht nur mit ihm in einer Gasse. Nur wir zwei. Niemand sonst war in der Nähe.

Ich hatte mir noch nie viele Gedanken gemacht, wie ich sterben würde. Und wenn, dann wäre meine Vorstellung sicherlich ganz anders gewesen. Ich wäre nicht in einer abgelegenen Gasse gestanden. Schon gar nicht, hätte mir die Angst den Verstand geraubt. Viel eher wäre ich in einem Krankenhaus, umgeben von meiner Familie an Krebs gestorben. Aber sicherlich nicht durch Ermordung.

Die Gestalt schrie laut und stürzte sich mit solch einer Wucht auf mich, dass ich gleich auf den Boden knallte. Ich erkannte eine Klinge und wusste, dass es so weit war. Mein letztes Stündchen hatte geschlagen. Ich werde…

Dem Tod zu entkommen zog Schmerzen mit sich. Während ich am Tod vorbei peitschte, wand ich mich unter den höllischen Schmerzen. Es waren Schmerzen, welche schlimmer als der Tod selbst waren. Schmerzen, welche ich nie überlebt hätte, wenn…

Ich öffnete die Augen. Meine Sicht war verschwommen. Doch mit jedem Blinzeln wurde sie schärfer. Bis ich schliesslich mein Umfeld erkannte. Die dunkle Gasse!

Ich lebte!

Ich lebte tatsächlich! Trotz den dutzenden Messerstichen und dem vielen Blut, welches ich verloren hatte. Doch welchen Preis musste ich für dieses Leben bezahlen?

Heute

Liebes Tagebuch

Jeden Tag stehe ich dem Tod wieder gegenüber. So langsam ist es nichts Spektakuläres mehr. Es ist ganz normal, mein Gegenüber zu töten. Es ist ganz normal diesen Gesichtsausdruck zu sehen, kurz bevor sich die Seele vom Körper losreisst.

Ich bin die Jägerin und die Menschen meine Beute. Jagen und gejagt werden. Ein normaler Vorgang in der Tierwelt. Ein normaler Vorgang in meinem Leben.

Ich möchte nicht verneinen, dass auch ich versucht habe, mich gegen meine eigene Natur zu stellen. Vor allem am Anfang brachte ich es nicht übers Herz zu töten. Ich wurde immer schwächer und schwächer. Trotzdem war ich viel zu stur. Ich wollte eine andere Möglichkeit finden, um das Töten von Menschen zu umgehen. Ich tötete eine Weile nur noch Rehe und trank deren Blut. Doch schon bald merkte ich, dass Tierblut nicht nur meinen Körper, sondern auch meine Fähigkeit der Gedankenkontrolle, schwächte. Es wurde immer schwieriger in den Kopf anderer Menschen einzudringen. Dies war für mich, einem Vitar, besonders schlimm.

So brach ich den Versuch wieder ab. Die Verzweiflung war unglaublich gross. Um auf Menschenblut zu verzichten, probierte ich sogar eine weitere Möglichkeit aus.

Ich trank mein eigenes Blut!

Dass das Trinken meines eigenen Blutes nur zu grössere Blutrünstigkeit führte, konnte ich nicht ahnen. Viel

zu spät erkannte ich die Wahrheit.
Zu spät, da mich da endgültig der
Vampir in mir übernommen hatte.

Ich, Veronica, bin endgültig ein
Vampir. Das Töten der Menschen ist
der Preis, den ich für das Leben
bezahlen muss. Doch ist es dies
wirklich wert? Muss das ewige Leben
so viele Opfer fordern?

Tief im Innern verletzt mich das
Töten noch immer. Doch
Verletzlichkeit ist Schwäche. Und
Schwäche kann ich mir in dieser Welt
nicht leisten!

„Veronica, können wir los?"

Eine laute Stimme liess mich aufblicken.
Elisabeth, doch ich nannte sie Liz, stand vor
mir und stemmte die Hände in die Hüften.

„Ich komme gleich", antwortete ich.

Ich legte den Stift zur Seite, schloss mein
Tagebuch und verstaute es in meinen
Rucksack. Währenddessen erkundigte ich

mich: „Also, reisen wir jetzt definitiv nach Zürich?"

Liz nickte. „Wir fahren ungefähr sieben Stunden mit dem Zug, bis wir in Zürich ankommen."

Traurig kehrte ich Liz den Rücken zu und sah aus dem Fenster. Ich blicke auf den Canale Grande und beobachte das Treiben. Ein Wassertaxi fuhr gerade vorbei. Am Reling standen dutzende Touristen und knipsten ununterbrochen mit ihren riesigen Kameras. Ach, diese Touristen. Am Anfang hätte ich ihnen am liebsten die Kehle aufgerissen. Doch man gewöhnte sich an sie. In der Ferne erkannte ich den Markusturm, das höchste Gebäude Venedigs.

Ich hörte die Gondolieri fröhlich singen, während sie die Touristen durch die engen Gassen ruderten. Das Erste, was ich jeden Morgen hörte waren sie. Wie sie in ihren blauweissen Ringelhemden singend auf die Touristen warteten.

„Es wird nicht für immer sein", versuchte Liz mich zu ermutigen.

Ich wand mich wieder ihr zu. Eine kleine Träne kullerte meine Wange hinunter. „Nein", stimmte ich ihr seufzend zu, „aber für eine sehr lange Zeit."

Liz trat einen Schritt auf mich zu und nahm mich in den Arm. „Es tut mir so leid, Veronica. Aber wir haben keine andere Wahl."

Sie strich mir übers Haar. „So ist das Leben."

Schnell löste ich mich aus ihrer Umarmung. „Nein nicht DAS Leben. Sondern UNSER Leben."

Liz blickte mich wortlos an. Sie wusste, wie schwer mir das Vampirleben manchmal noch fiel. Trotzdem entschied sie sich vor 50 Jahren auf mich aufzupassen und mir zu zeigen, wie das Leben eines Vampires wirklich funktionierte. Wenn ich sie fragte, weshalb sie es noch mit mir aushielte, meinte sie immer, sie habe uns zusammen in der Zukunft gesehen, als sie mich das erste Mal erblickt hatte und dass unsere gemeinsame Zeit Schicksal sei.

Am Anfang glaubte ich dies, da ich wusste, dass sie eine Visio war und in die Zukunft blicken konnte. Doch unterdessen war ich überzeugt, dass es unsere enge Freundschaft war, die sie aufhielt mich zu verlassen.

Ein letztes Mal blickte ich wehmütig aus dem Fenster, bevor ich nach meinem Rucksack griff. Knapp zehn Jahren war ich nun hier in Venedig gewesen. Trotzdem gab es nur einen vollen Rucksack zum Mitnehmen. Nur das Wichtigste durfte mit. Alles andere mussten wir zurücklassen.

Liz wartete an der Tür. Nachdem ich an ihr vorbeigegangen war, schloss sie die Tür hinter mir ab.

Im Zug sprachen wir kein Wort miteinander. Ich blickte gedankenverloren nach draussen. Die Landschaft zog rasend schnell vorbei. Das Meer entfernte sich immer mehr, bis es ganz verschwand. Wir fuhren an verschiedenen Städte vorbei. Mestre, Padua, Verona.

Alles Städte, welche meine Liebe zu Italien verstärkt hatten. Wie ich Italien liebte. Die Sprache, die Städte und vor allem die Vielfältigkeit.

Ich blickte zu Liz. Sie sass mir gegenüber und las. Für sie waren solche Reisen und Umzüge nichts Besonderes mehr. Sie lebte schon länger als ich. Schon einiges länger als ich. Es schien, als hätte sie die heimatlichen Gefühle ausgeschaltet. Seit ich sie kannte, hatte sie noch nie auch nur eine einzige Träne verschwendet, weil wir abreisen mussten. Ich beneidete sie darum. Denn im Gegensatz zu ihr, hatte ich mir gestern die Augen ausgeheult, während sie daneben sass und sich an einer jungen Frau sättigte. Sie hatte sogar mitten im Blutrausch aufgeblickt und gemeint, ich solle nicht solch ein Drama veranstalten.

„Können wir am Gardasee aussteigen?", durchbrach ich die Stille.

Liz hob stirnrunzelnd den Kopf. „Was willst du denn am Gardasee?"

Ich zuckte mit den Schultern: „Ich weiss nicht, aber ich würde gern noch ein bisschen den Gardasee geniessen, bevor wir in die Schweiz fahren."

Sie sah mich kritisch an.

„Ausserdem habe ich richtig Lust auf italienisches Blut", fügte ich grinsend hinzu. Dies schien sie zu überzeugen. Sie lachte auf und schüttelte den Kopf. Ihre blonden Locken wippten hin und her.

„Okay, in einer viertel Stunde sind wir in Desenzano. Dort können wir aussteigen", willigte sie schmunzelnd ein. Ich grinste sie an.

„Wir können allerdings nicht zu lange in Desenzano bleiben. In Zürich erwarten uns zwei alte Freunde von mir. Jack und Domenico. Sie haben uns eine Wohnung verschafft", setzte sie mich in Kenntnis.

Doch dies machte mir nichts aus. Wie ein kleines Kind freute ich mich, ein letztes Mal am Gardasee, den meiner Meinung nach schönsten See, zu sein.

Das Wetter schien auf unserer Seite zu sein. Der Himmel war beinahe wolkenlos. Die Sonne schien. Ich genoss es, wie die Sonnenstrahlen auf meiner Haut prickelten. Ich legte den Kopf in den Nacken, schloss die Augen und atmete tief ein, als ich mein Gesicht zur Sonne wendete.

Als ich die Augen wieder öffnete und auf den Gardasee blickte, raubte es mir den Atem. Es bot sich mir eine wunderschöne Landschaft. Ich drehte mich zu Liz und lächelte: «Ist der Gardasee nicht wunderschön?»

Sie nickte zustimmend. «Das ist er in der Tat, das ist er.»

Wir sassen noch eine ganze Weile auf einer Bank und beobachteten das Treiben. Die Touristen, welche auf dem Markt einkauften. Die Einheimischen, welche sich auf den Steinen sonnten. Der Leuchtturm, welcher in voller Pracht dort stand. Oder all diese Boote, welche angelegt waren und hin und her wippten. Ich fühlte mich wie am Meer. Dieses Gefühl überkam mich immer, wenn ich am Gardasee war. Am liebsten hätte ich diesen Moment, wie ich hier am Gardasee das Treiben genoss, eingefangen und in einer Kiste eingesperrt. Eingesperrt und erst wieder rausgelassen, wenn ich weit weg in Zürich war und mich nach diesem Moment, dieser Erinnerung sehnte.

Nachdem wir in einer abgelegenen Gasse einen jungen Mann angegriffen und sein Blut getrunken hatten, stiegen wir wieder in den Zug, um nach Zürich zu fahren. Mehrmals fuhr ich mir mit der Zunge über die Zähne, um die letzten Resten Blut zu entfernen. Gestärkt konnte ich meine Reise antreten.

Wir suchten uns einen leeren Abteil und machten es uns gemütlich. Nur noch fünf Stunden. Fünf Stunden, bevor ich mein neues Zuhause für die nächsten Jahre erreichte. Während Liz sich wieder ihrem Buch widmete, griff ich in meinen Rucksack und holte mir mein Tagebuch hervor. Mein Tagebuch war die einzige Möglichkeit, alle Erinnerungen festzuhalten, damit sie im Laufe der Zeit in den Tiefen meines Hinterkopfes nicht verloren gingen. Ich wollte mich an alles erinnern. Wollte nichts vergessen. Wollte in hundert Jahren wieder auf diese Momente zurückgreifen können. Natürlich war es mir unangenehm, wenn jemand meine Tagebücher in die Finger bekäme und sie lesen würde. Doch wenn ich so all meine Erinnerungen behalten konnte, dann war mir dieses Risiko definitiv wert.

Ich griff nach meinem Füller und begann zu schreiben.

Liebes Tagebuch

Heute war wieder solch ein Tag. Ein Tag der Trauer und des Trübsinnes. Ich hasse den Abschied von meinem Zuhause. Zuhause. Ich hatte schon so viele standhafte Zuhause. New York, Lima, Kairo, Sydney, Wladimir, Moskau, Bretagne und Venedig.

Dieses ständige Aufbrechen. Und für was? Damit die Menschen nichts bemerken. Dabei sind Menschen die schwächsten Wesen. Sie wären im Nu ausgelöscht. Trotzdem verstecken wir uns vor ihnen. Und dieses Verstecken raubt mir jedes Mal mein Zuhause.

Jedes Mal komme ich an einem Ort an, lerne ihn kennen und lieben und muss wieder los. Sobald ich mich an einem Ort sicher fühle und ihn

«Zuhause» nennen kann, wird es wieder Zeit aufzubrechen. Dieses ständige Reisen. Werde ich mich jemals daran gewöhnen? Ich hoffe es doch sehr. Denn ich habe es satt, mir ständig die Augen auszuheulen. Ich habe es satt, aus Liebe zu einer Stadt ständig verwundbar zu sein. Ich habe diese ganze Trauer so satt!

Gegen 20:00 Uhr kamen Liz und ich in Zürich an. Die Sonne war schon untergegangen. Trotzdem stellten wir erstaunt fest, dass es überall von Menschen wimmelte, als wir ausstiegen. Überall rannten sie mit ihren Koffern hin und her und quetschten sich durch die Menge hindurch. So viele Menschen, so viele Gedanken. Viele waren übermüdet und freuten sich schon auf ihr Bett. Andere freuten sich auf die Party oder den Urlaub. Ich schnappte auch einen Gedanke auf, in dem sich jemand Sorgen um seine Frau machte, da er vermutete, dass sie ihn betrüge. Es waren so viele Gedanken, dass ich gar nicht mehr aufhören konnte, in die Köpfe anderer Menschen zu schauen.

«Kommst du?», riss Liz mich aus den Gedanken.

Ich nickte, noch immer leicht abwesend und folgte ihr.

Wir schlängelten uns durch die Menschenmenge, bis Liz plötzlich stehen blieb und mit den Armen wedelte. Ich erkannte zwei Vampire, die auf uns zu kamen. Sie mussten es sein. Liz's Freunde, Jack und Domenico. Ich hatte sie mir ganz anders vorgestellt. Sie waren beide ziemlich gross.

Der eine hatte schwarze Haare, welche ihm unordentlich vom Kopf standen und graugrüne Augen. Er war sportlich gebaut und ich war mir sicher, dass er zu seiner Lebzeit als Mensch viel trainiert haben musste.

Der andere hatte ebenfalls schwarze Haare. Allerdings trug er sie mit viel Gel nach hinten gekämmt. Seine Augen waren dunkelbraun. Im Gegensatz zum anderen war er eher zierlich gebaut.

Bei der Begrüssung stellte sich Jack als der sportlich Gebaute und Domenico als der mit den nach hinten gekämmten Haaren heraus. Sie überreichten uns einige Papiere von der Wohnung, in der Liz und ich wohnen werden, wie auch zwei GAs, damit wir für das ganze Jahr Bus, Zug oder Schiff fahren konnten.

Unsere Wohnung entpuppte sich als ein kleines, schnuckeliges Appartement im Niederdorf, der Altstadt von Zürich.

„Domenico und ich haben euch dieses Appartement ausgesucht, da man tagsüber einen wunderschönen Ausblick hat», berichtete Jack, „da könnt ihr perfekt auf die Limmat, wie auch auf das Grossmünster und die Wasserkirche blicken. Es sollte morgen zwar regnen, aber ich denke, dass ich das Wetter mit einigen Kumpels sicherlich für euch beeinflussen kann. So als Art Willkommensgeschenk." Jack lachte auf. Es schien ihm zu gefallen, damit zu prahlen, dass er ein Alterar war.

Doch schon bald widmete sich Jack wieder den wesentlichen Dingen zu.

Während er noch die letzten Einzelheiten mit Liz besprach, beobachtete ich Domenico. Dieser trat ständig vom einen Fuss auf den anderen. Sein Blick war gesenkt. Er würdigte mich keines Blickes. Es kam mir vor, als schien er nicht gerne in Gesellschaft zu sein.

Auch bei der Verabschiedung war er der Erste, welcher aus der Tür trat. Ich schüttelte leicht den Kopf, als die beiden uns verlassen hatten.

„Lass mich raten, Domenico ist ein Voiajor", riet ich lachend.

Liz blickte mich an, bevor sie lachend zustimmte. „Jap, man merkt es wie?"

Ich nickte. Voiajor waren eher ruhigere Vampire. Man bekam sie nicht oft zu Gesicht, da sie die meiste Zeit in der Vergangenheit verbrachten.

Ich schlenderte zum Kühlfach und stellte erfreulich fest, dass Jack und Domenico uns einige Blutbeutel als Vorrat hinterlassen hatten. Gierig griff ich nach einem Beutel, riss ihn auf und kippte den gesamten Inhalt in den Mund. Konserviertes Blut war zwar nichts im Vergleich zum Blut gleich aus der Quelle. Doch besser als nichts.

Nachdem ich den Blutbeutel ausgetrunken hatte, entschied ich mich ins Bett zu gehen und eine Runde zu schlafen.

Als ich am nächsten Morgen wieder aufwachte, war nichts von Liz zu hören. Nachdem ich aufgestanden war und aus dem Fenster geblickt hatte, erkannte ich, dass Jacks Einfluss auf das Wetter gewirkt zu haben schien. Es war zwar ein bewölkter Tag, doch es regnete nicht. Immerhin das.

In der Küche fand ich eine Nachricht von Liz. Sie hatte beschlossen mit Jack am Zürichsee einen Spaziergang zu unternehmen. Grummelnd zerknüllte ich die Nachricht und warf sie in den Papierkorb. Sie hätte den allerersten Tag ruhig mit mir verbringen können. Denn im Gegensatz zu ihr war ich noch nie in Zürich gewesen.

Schon bald wurde es mir langweilig. Aus diesem Grund entschied ich mich ebenfalls nach draussen zu gehen und Zürich auf eigene Faust zu erkunden.

Ich überquerte die Limmat und beschloss mir zuerst das Grossmünster unter die Lupe zu nehmen. Das Grossmünster war das Erste, was mir in dieser Grossstadt aufgefallen war. Ich war beeindruckt, als ich davor stand. Ich legte den Kopf in den Nacken und blickte nach oben. Das Grossmünster war grösser als erwartet hatte. Man konnte es natürlich nicht mit der Notre Dame in Strasbourg vergleichen, denn die war riesig. Ich erinnere mich noch, als ich einen Tag dort verbracht hatte. Stundenlang lief ich um die Notre Dame herum und bestaunte sie. Immer wieder fand ich ein Detail, welches ich vorher übersehen hatte.

Naja, das Grossmünster war auch nicht schlecht. Nachdem ich lange Zeit einfach beim Grossmünster auf einer Bank gesessen hatte und auf die Limmat blickte, lockten mich die kleinen Gassen in ihren Bann. Ich stand auf und schlenderte durch das Niederdorf, bis ich eine Bibliothek entdeckte.

Es gehörte nicht zu den modernen Gebäuden. Im Gegenteil. Ich wollte schon vorbeimarschieren, als mir etwas oberhalb der Eingangstür ins Auge fiel. Etwas, was vor dem menschlichen Auge verborgen blieb.

Ein goldenes Pentagramm leuchtete mir entgegen. Ich schloss die Augen. Als ich sie wieder öffnete, was das Pentagramm noch immer vorhanden. Erstaunt schnappte ich nach Luft.

Unglaublich. Ich hatte tatsächlich eine Magische Bibliothek gefunden. Das Pentagramm war der Beweis. In unserer Welt wurde es als Zeichen für magische Orte benutzt. Orte zu denen nur Schattenwessen, wie Hexen oder Vampire Zugang hatten. Dies waren magische Kneipen, Bars, Läden oder halt auch Bibliotheken. Magische Bibliotheken gab es allerdings nur noch sehr wenige auf dieser Welt. Weltweit verteilt existierten nur noch 15 Magische Bibliotheken.

Ich traute meinen Augen nicht. Niemals hätte ich gedacht, dass ich jemals vor einer Magischen Bibliothek stehen würde, geschweige denn sie zufällig finden.

Ungläubig stieg ich die steinerden Treppen nach oben, bevor ich in die Bibliothek eintrat. Überall sassen Studenten. Aus Neugier schloss ich kurz die Augen, um in deren Gedanken zu kommen. Viele lernten.

Jemand schien hinter seinem Buch am Handy zu sitzen, da er sich in seinen Gedanken auf Fotos von Instagram konzentrierte. Eine andere Person sass nur hier, weil sie Zuhause Stress mit ihren Eltern hatte.

Grinsend öffnete ich wieder die Augen. Wie ich die Gedankenkontrolle liebte.

Während ich durch die Bücherregale schlenderte, suchte ich den Eingang zur magischen Bibliothek.

Der Eingang stellte sich als eine antike, holzige Tür heraus. Goldene, wurzelähnliche Verzierungen, waren auf der Tür verbreitet und mündeten oberhalb der Tür beim magischen Pentagramm.

Für die Menschen war auch diese Tür nicht sichtbar. Aus diesem Grund lugte ich mehrmals umher, um zu überprüfen, ob mich jemand sah. Für die Menschen sähe es so aus, als ginge ich durch die Wand. Und ich hatte herzlich wenig Lust am nächsten Tag im 20 Minuten zu erscheinen.

Langsam griff ich zum Türknauf. Meine Hand zitterte. Wie eine Magische Bibliothek wohl aussah?

Aufgeregt öffnete ich die Tür und schlüpfte hinein. Wow, dies war sie also. Einer der letzten Magischen Bibliotheken.

Ich stand in einem gigantischer Raum. Die Wände waren bedeckt mit Regalen, welcher mit Büchern gefüllt waren. Zwischen einigen Regalen gab es Einbuchtungen mit Fenster. Vor den Fenstern standen Arbeitstische. In der Mitte des Raumes rankten mehrere Marmorsäulen an die Decke. Der leere Platz in der Mitte der magischen Bibliothek war gefüllt mit Sitz- und Arbeitsmöglichkeiten.

Die Magische Bibliothek war rappenvoll. Überall sassen Vampire und Hexen und lasen. Ich erblickte einen Hexenmeister mit einem weissen, langen Bart und einem dunklen Cape, welcher eifrig Formeln in sein eigenes Taschenbuch abschrieb. In einer Ecke sah ich eine rothaarige Vampirin, welche unauffällig versuchte Blut aus ihrem Beutel zu trinken, während sie ein Buch las.

Staunend schlenderte ich an den Bücherregalen vorbei. Lauter antike und wertvollen Bücher standen in Reih und Glied. Bücher, von denen die Menschen noch nicht einmal wussten, dass sie existieren. Bücher, welche die Urvampire geschrieben hatten. In den Magischen Bibliotheken fänden die Menschen fast alle Antworten zur Geschichte. Sie hätten keine unklaren Quellen mehr.

Bücher hatten nicht nur für die Menschen eine grosse Bedeutung. Im Gegenteil. Für uns Vampire und Hexen waren Bücher existenzsichernd. In all diesen Büchern wurde den Hexen und Vampiren unglaublich viel weitergegeben.

In den Magischen Bibliotheken befanden sich auch Tagebücher. Vor über tausend Jahren entschieden der Hohe Rat und seine zwei Hexenzirkel, alle Tagebücher von verstorbenen Hexen und Vampire zu sammeln.

Ich fuhr mit den Fingerspitzen an den Buchrücken vorbei, bis meine Finger einen Buchrücken fühlten, welcher rauer als die anderen war. Ich zog das Buch heraus und suchte mir einen gemütlichen Sitzplatz. Während dem Hinsetzen öffnete ich das Buch. In einer fein säuberlichen Schrift stand ein Name geschrieben.

Alexander Greymare

Als ich die Seite umblätterte, begann sein erster Eintrag.

18. Juni 1730

Geehrtes Tagebuch

Ich habe es satt all meine
Erinnerungen in meinem Kopf zu
bewahren. Es sind zu viele. Wie sollte
ich sie mir alle merken? Diese Frage
ist ähnlich, wie die Frage, wie viele
Menschen ich schon getötet habe.
Beide sind Fragen, welche völlig
irrsinnig sind.

Zum einen rast die Zeit an mir
vorbei und lässt mich Momente
sammeln. Doch andererseits zieht sie
sich so ächzend lang.

Deshalb beginne ich dieses Journal.

Der Gedanke, jemand könnte dieses
Buch lesen, beunruhigt mich...

Unwohl in meiner Haut sah ich mich um, um
mich zu versichern, dass mich niemand
beobachtete. Es war leicht unangenehm

Tagebücher zu lesen. Dies musste ich zugeben. Auch wenn dieser Vampir schon längst tot war. Ich fühlte mich ertappt, da Tagebücher etwas der Persönlichsten Dinge waren, welche ich kannte.

Mein Blick wanderte weiter umher. Niemand schien mir auch nur ein Fünkchen Beachtung zu schenken. Langsam heftete ich meinen Blick wieder in das Tagebuch.

Anderseits ist es ein befreiendes Gefühl, alles niederzuschreiben. All diese Stimmen niederzuschreiben. Diese Stimmen, welche ansonsten in meinem Kopf platziert sind und umher schreien. Diese Stimmen. Sie schreien ständig. Werde ich verrückt? Oder zerrt das ewige Leben an mir? Jeder noch so schöne Moment wird von ihnen verdorben. Ich kann nicht mehr. Mit meinem ewigen Leben werde ich sie nie los.

Ich lebe nun schon seit über fünfhundert Jahre auf dieser gottverdammten Erde. Es ist eine lange Zeit. Und seit Beginn sind diese Stimmen da.

Es sind jedoch nicht nur die Stimmen. Es ist auch die Tatsache, dass ich niemanden habe, mit dem ich sprechen kann, welche mich dazu geführt, alles in einem kleinen Heft aufzuschreiben. Meine liebsten Menschen sind vor langer Zeit gestorben. Ich habe gelernt niemandem mehr zu vertrauen. Nicht seit ich böse hintergangen wurde. Nicht seit ich gemerkt habe, dass der eigentliche Feind der beste Freund war. Vertraue niemandem, ausser dir selbst.

Doch wohin führt dies. Es führt zu Platzmangel in deinem Kopf. Es führt dazu, dass ich meine Sorge ebenfalls mit meinem Tagebuch besprechen muss. Ansonsten nisten sie sich für ewig in meinem Kopf. Und ewig ist *eine ganz schön lange Zeit für einen Vampir.*

Doch sag mir eins, geliebtes Tagebuch.

Ist dies das Richtige?

Ein Stechen in meinem Kopf durchfuhr mich. Das Buch glitt mir aus der Hand. Mit schmerzverzerrtem Gesicht drückte ich meine Hände an die Schläfen. Es schien, als würde ein Presslufthammer meine Augäpfel von innen bearbeiten. Diese Schmerzen waren unerträglich.

Ich schloss die Augen und unterdrückte mir Schreie. Eine unerklärliche Kälte, welche ich noch nie in meinem ganzen Vampirleben gespürt hatte, fuhr durch meinen ganzen Körper und liess meine Armhärchen aufstellen. Gerade als ich die Augen wieder öffnete, verschlechterte sich meine Sicht. Alles wurde verschwommen. Als wäre ein Schleier über meine Augen gelegt worden. Ich sank nach hinten, fiel allerdings nicht in den Stuhl oder auf den Boden. Ich fiel ins Nichts. Ins absolute nichts.

Ein unangenehmer Geruch stieg mir in die Nase. Ich öffnete die Augen und stellte fest, dass der Schmerz nachgelassen hatte. Vorsichtig setzte ich mich auf und prüfte, ob der Schmerz wiederkehrte. Nichts, puh. Die unerträglichen Schmerzen waren wie von Zauberhand verschwunden.

Doch schlagartig wurde mir bewusst, dass ich momentan gerade weitaus grössere Probleme hatte.

Ich war mitten im Nirgendwo gelandet.

Meine rechte Hand, mit der ich mich auf dem Boden abstützte, tauchte im tiefen Schlamm ein. Angeekelt rappelte ich mich auf.

Ich erkannte nur Bäume, soweit das Auge reichte. Die Sonne bannte sich nur mit kleinen Sonnenstrahlen einen Weg durch die Baumkronen. In der Ferne hörte ich Vögel zwitschern.

Halluzinierte ich gerade?

Ich schloss die Augen. Dies musste alles ein Traum sein. Wenn ich meine Augen nun wieder öffnete, werde ich wieder in der Bibliothek sitzen und das Tagebuch von Alexander Greymare in den Händen halten.

Doch als ich meine Augen wieder öffnete, hatte sich nichts verändert.

Ach du meine Güte! Das war unmöglich! Hier stimmte etwas ganz und gar nicht!

Ich sah mich ein weiteres Mal verunsichert um. Ruhe. Ich zwang mich Ruhe zu bewahren.

Keine Panik!

Es gab sicher eine ganz simple Erklärung.

Doch es fiel mir keine ein. Wie soll man es sich erklären können, dass man plötzlich in einem Wald aufwachte?

Ich kaute auf meiner Unterlippe, wie ich es immer tat, wenn ich nicht wusste was zu tun war. Was zum Geier ging hier vor?

Aus Gewohnheit wischte ich mir meine, mit Schlamm beschmutzte Hand an meinem... Kleid? ab. Langsam blickte ich völlig verdattert hinunter und erkannte, dass ich völlig andere Kleidung trug.

Ein langer, dunkelblauer Rock reichte bis zum Boden. Als Oberteil trug ich ein schwarzes, langärmliges Mieder. Als ich mir an den Kopf fasste, spürte ich, dass meine dunkelbraunen Haare zu einem Zopf geflochten waren.

Ich musste einfach träumen. Wahrscheinlich sass ich gerade in der Bibliothek und schnarchte leise, während alle mich seltsam anstarrten. Doch dies würde nicht erklären, weshalb ich nicht aufwachen konnte.

Wenn dies hier real wäre, wie zum Teufel war ich hierhergekommen? Konzentriert erinnerte ich mich an das letzte, was ich in Zürich gemacht hatte.

Ich sass ganz gemütlich in der Magischen Bibliothek. In meiner Hand das Tagebuch eines längst verstorbenen Vampires, mit dem ich mich unglaublich gut identifizieren konnte. Plötzlich hatte ich fürchterliche Kopfschmerzen.

Und jetzt bin ich...Ja wo bin ich denn genau?

Wieder suchten meine Augen die Umgebung nach etwas ab, was mir auch nur annähernd bekannt vorkam.

Angespannt biss ich mir auf die Unterlippe. Ich hatte keine Ahnung wie ich hier hingekommen, geschweige denn wo ich überhaupt war.

Vielleicht hatte mich jemand hier hingebracht? Ich blickte mich um, konnte aber beim besten Willen niemanden sehen. Nach langem Zögern entschied ich mich loszulaufen. Ich hatte keinen blassen Schimmer wohin ich ging. Wahllos trampelte ich mich durch Hecken und tiefliegende Ästen. Jeder Baum glich dem anderen.

Nachdem ich schon zu zweifeln begonnen hatte, ob ich nicht immer im Kreis liefe, entdeckte ich plötzlich einen Fluss. Die Goldene Stunde war schon hereingebrochen, als ich das Flussufer erreichte. In der Ferne sah ich einen Graureiher, der stolz durch den Fluss marschierte. Hin und wieder senkte er anmutig sein graues Haupt, um Ausschau nach einem Fisch zu halten.

Als der Graureiher dem Fluss folgte, entschied auch ich mich dem Fluss zu folgen, mit der Hoffnung auf eine Stadt zu stossen.

Der Absatz meiner Schuhe sank ständig in der feuchten Erde ein. Ich konnte kaum mehr richtig laufen. Der Saum meines Kleides war so schmutzig, dass ich die Farbe des Rockes nicht mehr erkennen konnte. Ich hatte unglaublichen Hunger. Sehnte mich nach Blut. Frisches, warmes Blut direkt aus der Quelle.

Unterdessen war die Sonne ganz untergegangen. Noch immer folgte ich dem Fluss. Doch es schien, als mündete er nie. Trotz den vielen Stunden, welche ich mit Rumirren im Wald verbrachte hatte, hatte ich noch immer keinen Schimmer, wo, geschweige denn wie ich hierhergekommen war. Mein Zweifel, ob es überhaupt ein Entkommen aus diesem Wald gab, stieg allmählich.

Plötzlich wurde ich auf ferne Lichter auf einem Hügel aufmerksam. Die Lichter stachen aus der Dunkelheit hervor. Ich war mir sicher, ein Umriss einer Burg zu erkennen. Meine Laune verbesserte sich schlagartig. Hatte ich endlich Menschen gefunden? Irgendjemand, sei es ein Wächter oder eine Sekretärin war bestimmt noch in der Burg. Ich hob den dreckigen Saum meines Kleides bis zu den Fussknöcheln und flitzte los.

Als ich den ganzen Hügel hinaufgerannt war, stand ich vor einer grossen Tür. Ich lag richtig in der Annahme, bei den Lichtern handelt es sich um eine Burg. Ungeduldig hämmerte ich gegen die schwere Tür. Leise Schritte näherten sich. Knarrend öffnete sich die Tür. Eine grosse Gestalt trat vor mich hin. Es handelte sich dabei um einen grossen, sportlich gebauten… Vampir? Ich traute meinen Augen nicht, als ich erkannte, dass mein Gegenüber ein Vampir war. Kastanienbraune Haare, meeresblaue Augen und eine unglaublich helle Haut. Im Mundwinkel erkannte ich kleine Blutkrusten.

Völlig überrascht stand ich vor ihm. Auch er sah mich an, als hätte er einen Geist gesehen.

Ich schüttelte kurz mit dem Kopf, um das Erstaunen aus meinem Gesicht zu bannen, bevor ich stotternd begann:

«Ähm, ich, ich habe mich hier im Wald verirrt.»

Stumm betrachtete er mich. Stirnrunzelnd sah ich ihn an. Hatte er mich gehört? Ich wiederholte meine Worte. Dieses Mal in einem sichereren Ton.

Völlig verdattert erwachte er aus seiner Trance. «Entschuldigung, was habt Ihr gesagt?»

Ich wiederholte mich ein drittes Mal. Dieses Mal reagierte er. Er trat einen Schritt zur Seite und gewährte mir Eintritt. Bevor er die grosse Tür eilig verriegelte, lugte er nervös nach links und rechts.

Wir überquerten einen kleinen Innenhof, bevor er eine weitere Tür aufschloss und mich durchliess. Ich stand unsicher da, als er hinter mir die Tür wieder schloss. Mit einer schnellen Bewegung stand er wieder vor mir

«Wer seid Ihr?", zischte er. Wütend warf er mir die Frage an den Kopf.

«Veronica» stammelte ich.

Misstrauisch inspizierte er mich. Meine Sinne waren auf höchster Alarmbereitschaft. Ich bereute es an diesem verdammten Tor gehämmert zu haben. Denn dieser vor mir stehende Vampir gefiel mir ganz und gar nicht.

Ich erkannte auch bei meinem Gegenüber Anspannung. Seine Hand griff nach einem schwarzen Dolch, der in der Scheide an seinem Gürtel hing. Im schwarzen Griff war eine Einbuchtung, in der ein Pentagramm Anhänger steckte.

Im nächsten Augenblick stiess er mich ohne Vorwarnung an die hinter mir stehende Wand. Schreckerfüllt bleckte ich meine Fangzähne. Seine Hände drückten mich an die Wand. Ich versuchte ihn von mir zu stossen, doch er war stärker.

Er bohrte seine Nägel in meine Haut. Sein Gesicht näherte sich meinem. Wenige Zentimeter vor meinem Gesicht hielt er inne und fauchte:

„Was zum Teufel wollt Ihr hier?"

Böse fletschte ich ihn an. „Lasst mich auf der Stelle los!"

Doch stattdessen umschloss er mit beiden Hände meinen Hals. „Antwortet mir!"

Ich ringelte nach Luft. „Nichts", röchelte ich, „nichts, ich bin zufällig auf diese Burg gestossen."

„Ich glaub Euch dies nicht", brüllte er mich an. Mit einer Hand griff er nach dem Dolch und zog ihn heraus. Wütend drückte er mir die Klinge des Dolches an den Hals.

Panik durchfuhr mich. Was hatte ich ihm getan? Aus Angst, dass er mich aufgrund des Zappelns die Kehle durchschnitt, stand ich erstarrt still.

„Ich sage Euch die Wahrheit", keuchte ich ängstlich, „bitte lasst mich Euch erzählen, wie ich auf diese Burg gestossen bin." Flehend blickte ich ihn an.

Er musterte mein Gesicht. Völlig unerwartet verschwand seine Wut. Als wurde er sich bewusst, was genau er tat, stiess er sich von mir ab und kehrte mir den Rücken zu.

Während er seinen Dolch wieder in die Scheide steckte, drückte ich mich zitternd an die Wand.

Er drehte sich zu mir um. Reue machte sich auf seinem Gesicht bemerkbar. „Bitte verzeiht mir".

Ich hörte ein Winseln aus seiner Stimme. Vorsichtig machte er einen Schritt auf mich zu. Aufgebracht schrie ich:

„Tretet mir ja nicht zu nahe!"

Er sah ein, dass er mir nicht zu nahe kommen sollte und trat einen Schritt zurück. Sein Blick glitt nach unten zum Saum meines Kleides.

«Ich denke, Ihr solltet euch umziehen.»

Ich nickte stumm, beobachtete ihn allerdings noch immer misstrauisch. Am liebsten wäre ich einfach wieder aus der Burg gerannt. Doch zum einen wusste ich nicht, wo ich war. Und zum anderen wurde mein Blutdurst immer grösser.

Er deutete mir ihm zu folgen und stieg die Treppen nach oben. Wortlos führte er mich in einen Raum.

Er zeigte auf den Schrank und räusperte sich:

„Hier ist eine kleine Auswahl."

«Am besten zieht Ihr Euch um und kommt später in die Ritterlaube. Den Wehrgang entlang und dann die Treppe nach unten», fügte er hinzu.

Seine Hand umschloss wieder den Griff seines Dolches, bevor er sich eilig auf seinem Absatz kehrte und mich alleine im Zimmer liess.

Ich stand einfach da und starrte zur Tür, aus der er gegangen war. Erst als seine Schritte immer leiser wurden, nahm ich meinen Blick von der Tür und ging langsam zum Schrank. Vorsichtig zog ich die holzigen

Schranktüren auf. Dutzende Kleider hingen ordentlich an Kleiderbügeln.

Ich griff nach einem pastellblauen Rock und einem meeresblauen Mieder und schlüpfte hinein. Ich war gerade dabei, in blaue, flache Schuhe zu schlüpfen, als ich urplötzlich eine Bewegung ausserhalb des Fensters wahrnahm. Ruckartig drehte ich mich um und erschrak. Ein Augenpaar musterte mich durch das Fenster. Sie stachen aus der Dunkelheit von draussen hervor. Glühend rote Augen. Trotz meines ausgeprägten Seevermögens konnte ich abgesehen von den Augen nichts erkennen.

Wer war das?

Ängstlich näherte ich mich. Die Augen fixierten mich. Vor dem Fenster blieb ich unvermittelt stehen.

Ich hörte in meinem Kopf eine Stimme, die mir meine Armhärchen aufstellen liess.

«Öffne das Fenster», schrie die Stimme in meinem Kopf.

Kopfschüttelnd raufte ich mir die Haare. Die Stimme wiederholte den Satz in einer Endlosschleife. Ich versuchte sie mir aus dem Kopf zu treiben. Stattdessen wurde sie immer lauter.

«Öffne das Fenster und lass mich rein.»

Nein. Ich drehte mich um und rannte aus dem Raum. Rannte weg, um diesen schrecklichen Augen zu entkommen. Um der Stimme in meinem Kopf zu entweichen. Als ich die Treppen nach unten rannte, wurde die Stimme immer leiser, bis sie, genauso schnell, wie sie gekommen war, wieder verschwand. Ein Schwang von Erleichterung überkam mich.

Er erwartete mich bereits, als ich in den Raum stürmte. Als er mich erblickte, weiteten sich seine Augen einen kurzen Moment, bevor er den Blick mit verzerrter Miene wieder von mir wendetet und auf einen Platz gegenüber von sich deutete. Seine Fingerkuppel klopfte er ungeduldig auf den Tisch. Mit gesenktem Blick setzte ich mich an den Tisch. Kerzengerade sass er auf der anderen Tischseite und verfolgte jede meiner Bewegungen. Ich faltete meine Hände zusammen und legte sie auf meinen Schoss.

Er klatschte mit den Händen, als eine Magd den Raum betrat. Ich zischte und schellte so schnell auf, dass der Stuhl laut krachend zu Boden fiel. Meine Begegnung mit den unheimlichen roten Augen und der Stimme in meinem Kopf war nur noch Nebensache. Unschuldig und mit tränenüberflossenem Gesicht blickte mir eine junge Frau entgegen. Strohblondes Haar fiel ihr über die Schulter und bedeckte ihren Hals.

Ich näherte mich ihr. Blieb erst vor ihr stehen, als ich ihren unregelmässigen Atem hörte. Ihr Herz pochte ihr aus der Brust raus. Jeder Atemzug den sie tat, erregte meinen Blutdurst immer stärker. Heisses Verlangen nach Blut stieg in mir auf. Ich schob ihre Haare zur Seite. Ihr zarter Hals strahlte mir entgegen. Ein betörendes Lächeln lag auf meinen Lippen, als sich mein Mund ihrem Hals näherte. Mein Opfer schnappte erschrocken nach Luft, als meine Fangzähne hervor fletschten. Ruckartig bohrten sie sich in ihren Hals. Ab da war ich nicht mehr zu bremsen.

Gierig packte ich die junge Frau an den Haaren und drückte ihren Hals gegen meinen Mund. Das Vampirgift wirkte wie eine Droge und jagte ihr einen Adrenalinstoss durch ihre Blutbahn. Erregt wölbte sie ihren Rücken, während ich ihr immer mehr Blut aussaugte. Ich konnte mich kaum mehr beherrschen. Tankte die ganze Energie auf, welche ich heute durch das Rumirren im Wald verloren hatte. Das

Blut hatte auch für mich die Wirkung einer Droge. Einer verdammt geilen Droge.

„Wenn Ihr sie nicht töten wollt, solltet Ihr aufhören"

Aggressiv blickte ich auf. Mein Mund noch immer am Hals der jungen Frau. Spürte, wie ihr Körper langsam in meine Hände sank. Ich löste mich von ihrem Hals. Das Verlangen ihr erneuert in den Hals zu beissen und sie zu töten war unglaublich gross. Doch dieser Vampir, dieser verdammte Vampir, welcher mich vorhin grundlos angegriffen hatte, hielt mich davon ab. Besser gesagt, war es sein Blick, diese Art, wie er mich herablassend ansah, der Grund, weshalb ich tatsächlich aufhörte.

Rücksichtslos liess ich die junge Frau auf den Boden fallen.

Seine Augen fixierten mich, während ich mir mit der Zunge über die Zähne fuhr, um auch die letzten Resten des Blutes zu entfernen. Mit den Fingern wischte ich mir das Blut von den Mundwinkeln.

Dann kniete ich mich vor die junge Frau. Drückte meine Hände an ihre Schläfen und schloss die Augen. In meinem inneren Auge erkannte ich die Erinnerung samt

Emotionen, welche sie empfand, als ich sie gebissen hatte. Die Angst, als ich auf sie zugetreten war. Die Panik, als sie meine Fangzähne erblickt hatte. Und ihre Rauschgefühle, als das Vampirgift in ihrer Blutbahn war. Ich konzentrierte mich auf diese Erinnerungen. Konzentrierte mich, bevor ich sie ihr wegnahm.

Gesättigt liess ich mich nach hinten auf den Boden fallen.

„Danke", keuchte ich leise auf und nickte ihm zu. Er neigte den Kopf. Eine lange, braune Strähne fiel über sein Gesicht.

„Ihr seid also ein Uitar», sagte er mehr als Feststellung als Frage.

Anmutig erhob er sich von seinem Stuhl. Er trat auf mich zu. Dieses Mal schreckte ich nicht zurück. Auch wenn mein Instinkt mir das Gegenteil riet.

„Jetzt, da wir beide frisch angezogen und gesättigt sind", begann er, „würde ich mich gerne vorstellen."

Ich wusste nicht, was ich erwidern sollte und starrte ihn einfach nur an.

Er legte seine rechte Hand auf seinen flachen Bauch und verneigte sich.

„Darf ich mich vorstellen? Mein Name lautet Larix. Ich heisse Euch Herzlich Willkommen auf Schloss Kyburg."

Als ich später in der Nacht im Bett lag, schwirrten mir noch immer dutzende Fragen, dessen Antwort ich nicht kannte, im Kopf umher.

Es waren immer die gleichen Fragen. Doch je häufiger ich nach einer Antwort suchte, desto mehr verwirrten mich die Fragen. Wie war ich hier hergekommen? Wer war dieser Larix wirklich? Was war dies für ein Augenpaar am Fenster?

Bei der letzten Frage, stellten sich schon die Armhärchen auf, sobald ich nur daran dachte. Diese roten Augen. Die Art, wie sie mich fixiert hatten. Ich blickte zum Fenster. Nichts. Keine Augen, welche mich beobachteten. Keine Stimme, welche mich forderte das Fenster zu öffnen.

Nachdem ich mich hin und her gewälzt hatte, fand ich endlich Schlaf. Doch es war ein unruhiger Schlaf. Mein Körper konnte sich nicht entspannen. Völlig starr lag ich da, halb schlafend, halb wach und hörte den Wind, welcher wütend gegen das Fenster peitschte.

Das Brausen und Heulen des Sturmes wurde immer stärker. Das war's dann mit meinem Schlaf. Es war draussen so laut, dass ich hellwach wurde. Der Sturm wurde immer lauter. So lag ich mit ausgestreckten Beinen im Bett und blickte an die Decke.

Die Geräusche ausserhalb meines Zimmers hätte ich aufgrund des Sturmes beinahe überhört. Ich hörte den knarrenden Holzboden. Sofort stellte ich mich auf und blickte zur Tür.

Ich erkannte flackerndes Kerzenlicht unter meinem Türspalt. Kurz darauf hörte ich Schritte, welche die Treppen hinuntergingen.

Von Neugier erfüllt warf ich die Decke zur Seite, stand auf und schlich barfuss zur Tür. Die Tür liess sich lautlos öffnen. Ich blickte hinaus. Gerade rechtzeitig erkannte ich, wie die Flamme um die Ecke verschwand. Auf leisen Fusssohlen lief ich, an der Wand gedrückt, damit der Holzboden nicht knackste, hinunter.

Wachsam blickte ich um die Ecke. Ich sah eine Kerze, welche auf dem Tisch brannte und den ganzen Raum mit einem matten Licht erfüllte. Neben dem Tisch registrierte ich Larix. Er stand mit dem Rücken zu mir. Allerdings erkannte ich ihn an seinen langen Haaren, welche ihm fast bis zur Schulter reichten. Unter seinem Arm hielt er ein grosses Paket. Ich beobachtete, wie er sich auf den Boden kniete, das Paket vor sich legte und es auszupacken begann. Seine flinken Finger öffneten mühelos die Seile, welche alles zusammenhielten. Als er den Stoff zur Seite warf, erkannte ich ein Gemälde. Behutsam hob er es auf und legte es auf den Tisch, bevor er aus mehreren Holzteilen eine Staffelei aufzubauen begann. Ich konnte meinen Blick nicht von ihm wenden. Faszination überkam mich. Die Art, wie er die Staffelei aufbaute, liess mich vermuten, dass er dies nicht zum ersten Mal tat.

Schon nach wenigen Minuten war sie aufgebaut. Er drehte sich um. Gerade rechtzeitig versteckte ich mich hinter der Wand. Ich drückte mich mit dem Rücken zur Wand und hoffte, dass er mich nicht gesehen hatte.

Vorsichtig spähte ich wieder hervor. Larix's Blick war auf das Gemälde fokussiert. Ich musterte ihn, als ich im Kerzenlicht erkannte, dass er weinte. Tränen kullerten ihm die Wange hinunter. Erst jetzt nahm ich seine zuckenden Schultern wahr. Er weinte. Weinte stumm vor sich hin.

In diesem Moment tat er mir unglaublich leid. Auch wenn ich ihn nicht gut kannte, traf mich sein Anblick mitten ins Herz. Ich wusste nicht, was, doch irgendetwas tief im Innern sagte mir, dass er nicht der war, welcher mich vorhin angegriffen hatte. Wenn ich ihn so sah, dann stellte ich ihn mir als zärtlichen und liebevollen Vampir vor. Nicht aggressiv und wütend. Nein. Die Atmosphäre, welche aufgrund des Kerzenlichtes herrschte und sein Gesicht, diese meeresblauen Augen, welche weinten, brachten mich beinahe auch zum Weinen.

Ich blinzelte die Tränen weg und blickte wieder zu Larix. Dieser hob sorgsam das Gemälde. Ich erkannte die Umrisse einer Frau auf dem Gemälde. Es schien ein Portrait zu sein. Liebevoll stellte er das Gemälde auf die Staffelei. Er trat einen Schritt zurück und betrachtete die Frau auf dem Gemälde.

Seine breiten Schultern versperrten mir die Sicht. Allerdings konnte ich dunkelbraune Haare erkennen. Es war die gleiche Farbe, wie die meiner Haare. Dies konnte ich trotz des schlechten Lichtes erkennen. Die Haare waren nach oben gesteckt. Im Haar steckte Kopfschmuck. Die Frisur, zusammen mit dem Kopfschmuck erinnerte mich an den Orient.

Ich schweifte mit den Gedanken gerade in den Orient ab, als Larix einen kleinen Schritt zur Seite trat und mir freie Sicht auf das Gemälde verschaffte. Ich blickte auf die junge Frau und erstarrte. Erstarrte, da ich meinen Augen nicht trauen konnte.

Wie in aller Welt…

Nein, das ist nicht möglich!

Ich starrte auf das Gemälde. Diese junge Frau war mir wie aus dem Gesicht geschnitten. Wir glichen uns, wie ein Ei dem anderen!

Völlig verdattert trat ich einige Schritte zurück. Ich krallte mich an der Wand fest.

Was geschah hier?

Weshalb sahen die junge Frau und ich genau gleich aus? Das gab es doch gar nicht!

Ich wollte weg. Weg von diesem Gemälde. Weg von Larix. Weg. Schnell rannte ich zurück in mein Zimmer. Ich ignorierte die Vorsicht nicht entdeckt zu werden.

In meinem Zimmer angelangt, kauerte ich mich vor die Tür. Ich hörte Larix, welcher die Treppen nach oben rannte und gegen meine Tür hämmerte. Ich hörte den Wind gegen das Fenster schlagen. Und dann hörte ich da wieder die Stimme. Die Stimme, die mir sagte, ich solle ihr Eintritt gewähren. Die Stimme, welche sich in meinem Kopf festkrallte und mir Kopfschmerzen bereitete. Fürchterliche Kopfschmerzen.

Ich hielt alles nicht mehr aus. Alles war zu viel für mich. Mein Körper schaltete ab.

Alles war mucksmäuschenstill und verstummt. Ich öffnete die Augen. Erstaunlicherweise befand ich mich nicht mehr kauernd vor der Tür, sondern lag zugedeckt im Bett. Mein Blick wanderte zum Fenster. Sonnenstrahlen schienen durch das Fenster. Ich hörte Vögel zwitschern.

Ich stand auf und ging zum Kleiderschrank. Öffnete ihn und griff nach einem olivengrünen Kleid. Ich zog es mir an und stellte mich vor den Spiegel, um mich genauer darin zu betrachten. Zu betrachten, wie mein dunkles Haar offen über die Schultern fiel. Wie stark meine blasse Haut meine dunklen Teddyaugen betonte. Wie sehr ich dieser Frau auf dem Gemälde glich. Wie ein Blitz schlug dieser Gedanke bei mir ein. Skeptisch musterte ich das Kleid. Wem es wohl gehört hatte? Ob es diese Frau auf dem Gemälde schon mal getragen hatte?

Larix war nirgends zu sehen, als ich in die Ritterlaube kam. Die Staffelei, wie auch das Gemälde war verschwunden. Als sei es nie da gewesen. Ich durchquerte die Ritterlaube und öffnete eine weitere Tür. Nach etlichen Türen und Treppen gelang ich in den Innenhof. Ich rannte zur riesigen Tür, an welche ich mich noch von gestern erinnern konnte.

Schnell entriegelte ich sie. Von Larix war noch immer keine Spur zu sehen. Als ich die grosse Tür hinter mir zuschlug, rannte ich sofort los. Rannte so schnell, wie es mein Kleid zuliess. Ich griff nach dem Rock und zog es bis zu den Waden nach oben, damit ich während des Rennens nicht darüber stolperte.

Ich war mir unsicher. Sollte ich wieder zurück in den Wald oder sollte ich lieber in das Dorf auf der anderen Seite der Brücke?

Ich blieb stehen, als ich plötzlich jemanden laut meinen Namen schreien hörte. Und dieser jemand war niemand anderes als Larix!

Ohne einen weiteren Gedanken zu verschwenden, rannte ich über die Brücke geradeaus in das Dorf. Als ich einen Blick über meine Schulter warf, erkannte ich, wie sich das grosse Tor quietschend öffnete. Panik überkam mich. Ich wollte gar nicht wissen, was Larix mit mir machen würde. Wahrscheinlich würde dann endgültig mein letztes Stündchen schlagen.

Die Strassen im Dorf waren wie leergefegt. Keine Menschenseele war zu sehen. Ich rannte durch das ganze Dorf. Wagte es nicht nach hinten zu blicken. Ich bog in eine Nebengasse. Ein schrecklicher Geruch stieg mir in die Nase. Es stank unglaublich. Ich wollte umkehren und wieder zur Hauptstrasse rennen, als ich das Klappern der Hufe eines Pferdes hörte. Sie kamen immer näher. Panisch blickte ich mich umher. Larix würde mich sofort entdecken, wenn ich hier stehen bliebe. Mein Blick wanderte hin und her. Plötzlich wurde ich auf eine offene Haustür aufmerksam. Unverzüglich flitzte ich ins Haus und schlug die Tür hinter mir zu. Angsterfüllt horchte ich. Das Pferd näherte sich immer mehr. Es wurde immer lauter. Leise konnte ich Larix fluchen hören. Und dann… ritt er weg. Erleichtert atmete ich auf, als das Klappern der Hufe immer leiser wurde. So leise, bis es ganz verschwand.

Langsam beruhigte ich mich wieder. Erst jetzt blickte ich mich um, wo ich überhaupt gelandet war und bemerkte, dass auf der anderen Seite des Raumes eine ältere Frau stand und mich mit einer ausgestreckten Heugabel fixierte.

Im Vergleich zur Kleidung, welche ich bei Larix im Kleiderschrank gefunden hatte, war sie ärmlich und bäuerlich angezogen. Über ihrem dunkelblauen, knielangen Rock trug sie eine weisse Schürze. Darüber eine jackenähnliche Kleidung.

Ängstlich starrte sie mich an und trat einen Schritt nach hinten.

«Was wollt Ihr hier?», knurrte sie misstrauisch.

Völlig unbeirrt trat ich zwei Schritte auf sie zu. Ich warf mein Haar nach hinten und blickte zu ihr hinunter. Sie war ungefähr einen Kopf kleiner als ich.

Eingeschüchtert umklammerte sie ihre Heugabel fester. «Bitte, was wollt Ihr?» Der Mut aus ihrer Stimme war verschwunden. Ich las ihre Gedanken. Sie hatte unglaubliche Angst, da ich einen furchteinflössenden Eindruck machte und sie alleine ohne ihren Mann hier stand und sich nicht zu verteidigen wusste. Ich erkannte Hoffnung. Hoffnung, dass ihr Mann früher von der Feldarbeit nach Hause käme.

Ich lachte laut auf, was sie völlig verwirrte.

«Bitte», stotterte sie. Ich liess sie gar nicht zu Wort kommen. Urplötzlich schellte ich auf sie zu, riss ihr die Heugabel aus der Hand und warf sie zu Boden. Laut schreiend krachte sie auf den Boden. Ich hörte Knochen knacksen. Meine Hände packten nach ihrem Kopf und drückten die Finger an die Schläfe.

«Ich werde dir nichts tun. Das Einzige was ich will, ist, dass du dich dort in die Ecke setzt und keinen Ton von dir gibst.»

Langsam nickte sie. Ihr Blick war abweisend, ihre Augen glasig. Ich stiess mich von ihr ab und stand auf. Gehorsam stand die ältere Frau auf und humpelte in eine schmutzige Ecke. Dort setzte sie sich trotz Rattenkot einfach hin und rührte sich nicht mehr von der Stelle.

Ich würdigte sie keines weiteren Blickes. Stattdessen überlegte ich fieberhaft, wie ich am besten unauffällig vom Dorf und vor Larix abhauen konnte. Denn mein Bauchgefühl sagte mir, dass Larix mich suchte, auch wenn wir uns so gut wie gar nicht kannten. Dieses Gemälde, mit der Frau, welche mir so exakt glich, ging mir nicht aus dem Kopf. Der weinende Larix, als er das Gemälde auspackte. Die Art, wie er die Frau angesehen hatte. So… ich weiss nicht, verliebt und zugleich verletzt und traurig. War sie seine Geliebte gewesen? Und war sie der Grund, weshalb er mir nun hinterhergeritten war? Ich vermutete, dass er mich auf der Burg haben wollte, da ich dieser Frau auf dem Gemälde so unglaublich glich.

Ich schüttelte den Kopf. Dies alles war unmöglich! Unmöglich konnten die Frau und ich genau gleich aussehen. Ich musste unbedingt weg von hier. Weg, weit weg, bevor ich endgültig verrückt wurde. Hätte ich in Venedig gewusst, was mich alles erwartete, so hätte ich niemals eingewilligt, mit Liz nach Zürich zu kommen. Dabei wäre ich nie auf die Magische Bibliothek gestossen, wäre niemals mitten in einem Wald gelandet und hätte niemals Larix kennengelernt. Ich hätte weiter ein normales Leben als Vampir geführt, wäre alle zehn Jahre wieder umgezogen und wäre irgendwann in etwa 700 Jahre gestorben, weil mir irgendjemand das Herz aus dem Körper gerissen hätte.

Ich ging zur Feuerstelle, schnappte mir einen dünnen Ast und stöberte die Glut auf, als ich plötzlich ein rotes Augenpaar in der Glut wahrnahm. Erschrocken keuchte ich auf und liess den dünnen Ast in das Feuer fallen. Die Augen fixierten mich böse und wurden dünn wie Schlitze. Ängstlich sprang ich von der Feuerstelle weg, als ich wieder die Stimme in meinem Kopf hörte. Leise wie eine Schlange kam sie angeschlichen und wurde immer lauter und lauter. Sie schrie, hämmerte von innen gegen meine Schläfe und füllte meinen Kopf.

«Lass mich rein!» Immer und immer wieder wiederholte sie den gleichen Satz. «Lass mich rein, lass mich rein!»

Ich drückte meine Hände an meine Ohren. Lass die Stimme verschwinden. Um Gottes Willen, bitte. Ich hielt sie nicht mehr aus. Was auch immer sie wollte, es war nichts Gutes. Ich warf einen Blick zur älteren Frau hinüber. Doch diese blickte konzentriert auf den Boden, als sei dort etwas, was sie unglaublich faszinierte.

Mit schmerzverzerrtem Gesicht liess ich mich auf den Boden fallen. Wie konnte ich diese Stimme zum Schweigen bringen?

«Was willst du?!», schrie ich.

«Was willst du?!», wiederholte ich erneuert, dieses Mal allerdings flüsternd.

Einen kurzen Augenblick war alles still. Mucksmäuschenstill. Die Stimme war verstummt. Die Augen waren verschwunden.

«Dich», unterbrach die Stimme. «Dich, Veronica!»

«Veronica, lass mich rein!»

Meine Härchen stellten sich auf, als die Stimme meinen Namen aussprach. Mich?!

«Warum?», schrie ich panisch. Es war merkwürdig und verstörend zugleich mit einer Stimme im Kopf zu sprechen.

«Ich will dir helfen», hauchte die Stimme. Sie sprach erstaunlich sanft. So sanft, dass ich mir gar nicht mehr so sicher war, ob dies die gleiche Stimme war wie zuvor.

«Wie?», hackte ich nach. Ich misstraute der Stimme. Allein schon aus dem Grund, dass sie mitten in meinem Kopf steckte.

«Ich will dich befreien. Befreien von diesem Ort. Dich befreien und erlösen. Dir helfen.» Die Stimme zögerte, bevor sie ergänzte: «Dich vor Larix, diesem Monster schützen.»

Völlig befangen stand ich da. War diese Stimme tatsächlich die Lösung? Die Lösung, wie ich wieder nach Hause kam? Die Lösung, wie ich Larix nie wiedersehen musste? Irgendetwas störte mich am grossen Ganzen. Ich konnte mir beim besten Willen nicht vorstellen, dass es so einfach klappte. Dass es einer Stimme in meinem Kopf, also einer eigentlich nichtexistierenden Stimme möglich war mich wieder nach Hause zu bringen. Zurück nach Zürich. Zurück zu Liz.

«Welchen Preis muss ich dafür bezahlen», zischte ich.

Es dauerte wieder eine Weile, bis die Stimme antwortete.

«Du wirst dich mir hingeben müssen.»

Plötzlich kroch ein dunkler Nebel aus den Ecken des Hauses. Lautlos floss er zu mir in die Mitte. Verängstigt sprang ich zur Seite, um dem Nebel auszuweichen. Wirbelte herum und erkannte, dass er mich vollkommen umgab. Wie ein kalter, glitschiger Stein streifte er meine nackten Waden unter dem Kleid. Was ging hier vor?

Nachdem mich der Nebel umkreist hatte, sammelte er sich vor meinen Füssen. Er verwandelte sich in Flüssigkeit und erinnerte mich an Erdöl. Ich machte zwei Schritte zurück um den Abstand zu vergrössern. Allerdings glitt die Pfütze, ohne auch nur einen nassen Flecken zu hinterlassen über den Fussboden zu mir. Panik stieg in mir auf. Die Pfütze stellte sich langsam auf. Nach und nach formte sich die Gestalt eines Mannes. Eines riesigen

Mannes. Seine Umrisse wurden immer schärfer.

Trotz seiner gekrümmten Haltung stand er in einer enormen Grösse vor mir. Dutzende Arme schlugen um ihn herum. Ein Arm hätte mich sogar beinahe getroffen, wäre ich nicht rechtzeitig zurückgewichen. An seinen Händen waren sechs Finger mit langen schwarzen Krallen, welche mindestens sechs Zentimeter lang. Er wirkte beängstigend. Allerdings waren es erst seine Augen, welche mir Furcht einflössten. Denn es waren die glühend roten Augen aus dem Feuer und hinter dem Fenster auf Larix's Burg!

Völlig erstarrt stand ich da. Ich konnte plötzlich nachvollziehen, wie sich die Menschen fühlen müssen, wenn ich vor ihnen stand. Ich schluckte angestrengt.

«Wer bist du?»

Der Dämon trat einen grossen Schritt auf mich zu. Als er sich zu mir hinunter bückte, konnte ich seinen Atem spüren. Ein kalter Atem, nein, ein eiskalter Atem. Seine knochigen Finger mit den enormen Fingernägeln griffen nach meinem gesenkten Kinn und hoben es nach oben. Gezwungen blickte ich ihn an.

«Veronica, meine Liebe», säuselte er. Meine Nackenhaare stellten sich auf.

«Ihr könnt Euch gar nicht vorstellen, welche Freude es ist, Euch endlich von Angesicht zu Angesicht kennen zu lernen.»

Mit dem Nagel seines Zeigefingers streichelte er mir über die Wange. Am liebsten hätte ich ihn von mir weggestossen.

«Mein Name ist Ultiroth»

Seine geschwollenen Lippen näherten sich meinem Ohr.

«Ihr müsst wissen, dass es nicht nur Ihre Schönheit ist, welche mich fesselt.»

Angeekelt trat ich einen Schritt zurück.

«Wieso ich?», hauchte ich, «Wieso ich?»

Er sah mich an. Sein Charme und seine Heiterkeit waren verschwunden. «Weil du die Schuld von jemandem begleichen musst.»

«Von Larix?», fragte ich nach. Doch Ultiroth lachte bloss laut auf, bevor er den Kopf schüttelte.

«Nein, nicht von diesem Jammerlappen. Nein, Nein.»

Fragend starrte ich ihn an. Was wollte dieses Monster von mir? Welche Schuld musste ich begleichen.

«Was hat diese Person getan?»

Er packte mich, hob mich und schrie: «Dies geht Euch verdammt nochmal gar nichts an. Verstanden?»

Ich nickte. Tränen stiegen mir ins Auge. Zufrieden sah er mich an, bevor er mich fallen liess. Er stützte seine Hände auf den Knien und starrte aggressiv zu mir hinunter. «Du musst mir nur Eintritt gewähren und schon wirst du über alles Bescheid wissen.»

Eingeschüchtert rutschte ich von ihm weg, bis ich mit dem Rücken an der Wand anschlug.

«Nein!», schrie ich.

Er trat auf mich zu und lachte höhnisch. «Nun, vielleicht noch nicht heute, aber glaub mir eines: Du wirst Ja sagen.»

Seine spitzen Zähne blitzten mir entgegen. «Ich werde nun wieder in deinen Kopf verschwinden. Dort werde ich dich so lange terrorisieren, bis dir keine andere Wahl mehr bleibt, als zuzustimmen.»

Er packte mich am Hals. Seine Nägel bohrten sich in meine Haut.

Ich schrie laut auf, während er grölend einen Schritt zurücktrat und laut zischen wieder schmolz.

Zum einen war der Anblick, wie er wieder zu schwarzem Nebel wurde, bevor er endgültig verschwand, erleichternd. Doch zum anderen schlotterten mir noch immer die Knie. Ich hatte unglaubliche Angst.

Panisch rannte ich zur alten Holzkiste, welche neben einer Holzpritsche stand, öffnete sie und wühlte mich durch die Kleidungen, bis ich ein dunkel grünes Cape mit einer grossen Kapuze fand. An einigen Stellen war er zwar geflickt worden, doch dies spielte keine Rolle. Schnell warf ich mir das Cape um. Die Kapuze legte mein Gesicht in Schatten. Ohne mich ein weiteres Mal umzublicken, stürmte ich nach draussen. Nach draussen in die Dunkelheit. In die dunkle Nacht.

Ich erinnerte mich noch an meine Verzweiflung, als ich mich gerade erst in einen Vampir verwandelt hatte. Es war die

Zeit, in der ich monatelang umhergeirrt war. Die Zeit, in welcher ich mich noch nicht traute Menschen anzugreifen und ihr Blut zu trinken. Ich hatte einfach zu viel Schiss. Wollte keine Mörderin sein. Wollte nicht einsehen, dass mir als Vampir keine andere Wahl blieb. Ich wusste nicht, wie ich mit der gesamten Situation umgehen sollte. Ich fühlte mich zum ersten Mal als Einzelgängerin unwohl, hilflos, wie ein kleines Kind ohne Mutter. Die Grossstädte verschlimmerten die ganze Sache noch mehr. Es gab so viele Menschen, mein Blutdurst wuchs, doch ich, mein menschliches Ich wollte niemanden angreifen. Jeden weiteren Tag, welcher ich in den Städten verbrachte, gewann der Vampir in mir an Macht.

So entschied ich mich in ein ruhigeres Gebiet zurück zuziehen und mir dort selbst beizubringen, wie ich meinen Blutdurst unter Kontrolle bringen konnte. Im Südtirol, genauer gesagt, um Meran herum, fand ich meinen Zufluchtsort. Der Wald und die Apfel- und Traubenplantagen beruhigten den jungen Vampir in mir. Immer mehr hauste ich auch tagsüber durch Meran. Neugierig besuchte ich Nachbarsstädte. Nachbarsstädte wie Lana. Erst in Lana fand ich einen Anker, welcher mir half, das Leben

eines Vampires auf die Reihe zu kriegen.
Und dieser Anker war niemand anderes als
Liz. Ich begegnete ihr bei einem Spaziergang
oberhalb von Lana auf einem Hof.
Greiterhof. Niemals werde ich vergessen,
wie sehr mich Liz wieder hochgezogen hat.

Ich wollte mich von den Strassen fernhalten, was mich ziemlich schnell wieder in den Wald brachte. Alleine im Wald schweiften meine Gedanken ziemlich schnell zu Liz. Ich vermisste sie unglaublich. Sie hätte gewusst, was zu tun ist. Bestimmt hätte sie mir nun auf die Schulter geklopft und gesagt, ich solle mich beruhigen und essen. Kurz bevor die Sonne aufging, entschied ich mich ein wenig zu schlafen. Ich lehnte mich an einen Baum und schlief sofort ein.

Ich stand mitten in einem Haus. In einem mir völlig fremden Haus. Ich hatte keine Ahnung, wo ich war. Plötzlich klopfte es an der Tür. Ich wollte schon zur Tür gehen, als mir jemand zuvorkam. Eine junge Frau eilte zur Tür und öffnete sie. Ich hörte eine Stimme, erkannte sie allerdings erst, als die dazugehörige Person eintrat. Larix! Es war tatsächlich Larix, welcher eingetreten war. Seine Haare waren kurz, unglaublich kurz. Er trug andere Kleidung, als er sie in der Burg getragen hatte. Und doch war es er.

Die junge Frau umschloss Larix in ihre Arme. „Es ist mir eine Ehre Euch hier begrüssen zu dürfen. Was sind die Gründe für Euer Kommen?", fragte sie und liess Larix los, um ihn betrachten zu können. Behutsam legte sie ihm eine Hand auf die Wange.

Er griff nach ihren Händen. Langsam näherte sich sein Gesicht ihrem Ohr. Ich hörte die beiden flüstern, verstand allerdings nicht, was sie sagten. Doch ich konnte erkennen, wie verliebt Larix die junge Frau ansah.

«Wollt Ihr speisen?" Larix winkte ab. Er habe schon gegessen.

„Dann lass mich Euch wenigstens ein Glas Honigwein einschenken. Ich weiss, dass dies Euer liebstes Getränk ist."

Larix nickte und setzte sich. Die junge Frau drehte sich um. Ich traute meinen Augen nicht. Sie war ja ich! Nein, warte, dies war nicht ich. Sie war die Frau, welche ich auf dem Gemälde gesehen hatte. Ihre Haare waren genau gleich nach oben gesteckt. Der Kopfschmuck war der gleiche, wie auch auf dem Gemälde. Ich schloss den Mund, um mein Erstaunen zu verbergen.

Während er seine Toga auszog, schenkte sie ihm Honigwein ein und setzte sich neben Larix. Larix lächelte sie an. Ein Lächeln, welches die Wangen der jungen Frau leicht erröten liess. Doch dann wurde er ernst. Seine Haltung wurde steif.

„Verbena, ich habe schlechte Neuigkeiten." Verbena. Verbena war also der Name dieser jungen Frau. Verbena hiess die Frau, welche ich auf dem Gemälde gesehen hatte. Verbena richtete sich gerade auf. Larix begann ihr von den schlechten Neuigkeiten zu berichten. Immer wieder stockte er, während er erzählte, dass in einen Nachbarsdorf Vampire gesichtet worden waren und er selbst dort war, um zu vergewissern, ob dies stimme.

Neugierig trat ich zwei Schritte auf die beiden zu. Doch sie bemerkten mich nicht. Ich war mir gar nicht sicher, ob sie mich überhaupt sehen konnten. Verbena blickte ihn ängstlich an und griff nach seiner Hand. Ihre Lippen bewegten sich, doch ich verstand nicht, was sie zu Larix gesagt hatte. Allerdings nickte er stumm.

«Sie haben uns nach all den Jahren gefunden.»

Die Verwirrung stand mir bestimmt ins Gesicht geschrieben. Denn ich verstand überhaupt nicht, was hier abging. Bei Verbena schien es allerdings anders auszusehen. Denn diese schüttelte den Kopf und begann sogar zu schluchzen. Larix wischte ihr zärtlich eine Träne von der Wange.

„Aber gibt es keinen Ausweg?", schluchzte Verbena.

„Ich fürchte nein", seufzte er, „sie haben erfahren, wie mächtig Ihr seid. Und dass Ihr die Auserwählte seid, auf die die gesamte Schattenwelt ungeduldig wartet."

Schluchzend schmiegte sich Verbena an Larix Schulter.

Auserwählte? Was hatte dies zu bedeuten? Und vor allem. Hatte dies auch etwas mit mir zu tun? Weshalb sah ich ihr so ähnlich, dass wir eineiige Zwillinge sein konnten?

Eisig kaltes Wasser weckte mich aus dem tiefen Schlaf. Nach Luft schnappend schreckte ich auf und sprang sofort auf die Beine. Was zum Teufel... Erschrocken trat ich einen Schritt zurück, als ich erkannte, wer mich geweckt hatte. Larix stand mit einem grossen, leeren Eimer vor mir.

«Verdammt, was willst du?», fauchte ich ihn böse an.

Er warf den Eimer auf den Boden und blickte mir in die Augen. «Veronica, wir müssen reden!»

Doch ich schüttelte den Kopf. Ich wusste nicht, was es zu besprechen gab. «Ich will nicht reden.»

«Bitte!», flehte Larix und trat langsam einen Schritt auf mich zu.

«Verdammt, ich will doch nur wieder zurück nach Zürich. Kannst du mir nicht einfach ein Taxi besorgen, welches mich zurückfährt? Denn ich habe keinen Lust mehr auf das tagelange laufen», schrie ich.

Larix Miene änderte sich. Verwirrung huschte über sein Gesicht. «Taxi, was ist das?»

Ich starrte ihn an. Er wollte mir nicht wahrhaftig weismachen, dass er nicht wusste, was ein Taxi war.

«Das weiss doch heutzutage jeder», lachte ich los. Doch Larix war nicht zum Lachen zumuten. Stumm starrte er mich an. Er hatte keine Ahnung. Und ich glaubte ihm dies sogar.

«Larix, in welchem Jahr sind wir hier?»

«1654, weshalb fragt Ihr?»

«Ach du meine Güte», flüsterte ich.

«Was ist los?», fragte Larix. Ich drehte meinen Kopf zu ihm. Plötzlich machte unglaublich vieles Sinn. Es machte Sinn, dass ich kein einziges Auto gesehen hatte. Die Kleidung machte Sinn. Und es machte absoluten Sinn, dass eine Burg noch bewohnt wurde. Aber, wie kam ich als Uitar in das 17. Jahrhundert. Geschockt sah ich ihn an.

«Larix, ich komme aus dem Jahr 2017.»

«Dies ist doch normal für einen…» Larix stockte. «Seid ihr nicht ein Uitar? Ihr habt dem Mädchen in meiner Burg doch die Erinnerung genommen.»

Ich nickte. Eben. Ich war ein Uitar. Uitar, nicht Voiajor.

«Es ist doch unmöglich zwei Arten zu sein.» Larix nickte langsam, bevor er mit den Schultern zuckte und ehrlich zugab, dass er es selbst nicht wusste.

«Veronica, ich glaube es gibt vieles, was bei Euch nicht so ist wie bei anderen Vampiren», räusperte sich Larix.

Ungläubig starrte ich ihn an. «Was meint Ihr damit?»

Zögerlich beäugte er mich. Es schien, als wusste er nicht, ob er mir erzählen wollte, was er über mich wusste, als mir plötzlich der Grosche fiel.

«Verbena», erahnte ich leise. Larix Augen weiteten sich geschockt auf. Sein Mund öffnete sich.

«Woher kennt ihr Verbena?»

Ich zuckte mit den Schultern, denn ich wusste nicht, ob der Traum, welchen ich soeben hatte der Realität entsprach oder ob er völliger Stuss war. Es blieb mir nichts anders übrig, als zu mutmassen und zu hoffen, dass Larix mir die Wahrheit erzählen würde.

«Ist Verbena die junge Frau, von welcher du ein Gemälde besitzt und welche mir so sehr gleicht, dass wir eineiige Zwillinge sein könnten?»

Er nickte. Nickte und liess meinen Arm los. Liess meinen Arm los und trat zwei Schritte von mir weg. Seine blauen Augen betrachteten mich. Mit diesem Blick hatte er schon Verbena in meinem Traum angesehen. Ich trat einen Schritt auf ihn zu.

«Bitte Larix, erzähl es mir! Ich halte es nicht mehr aus mit der ganzen Geheimniskrämerei.»

Flehend sah ich ihn an. Unruhig senkte er den Blick. Verzweifelt packte ich ihn an den Schultern.

«Ich bitte dich! Du kannst dir ja gar nicht vorstellen, was ich durchlebt habe.»

Er hob den Kopf und sah mich an. Ich liess seine Schulter wieder los und begann wild mit den Händen zu gestikulieren, als ich fortfuhr:

«Ich sass gemütlich in einer Magischen Bibliothek. Plötzlich war ich mitten im Nirgendwo aufgewacht. Ich hatte keine Ahnung wo ich bin, geschweige denn wie ich dort hingekommen war. Dann traf ich auf einen Vampir, welcher mich ohne Grund angriff…»

Ich machte eine kurze Pause und starrte Larix böse an. Doch er ignorierte mein Blick.

«Dann sah ich ein Gemälde von einer jungen Frau, die auch ich hätte sein können. Ich floh aus einer Burg, suchte Schutz in einem Bauernhaus. Allerdings bot es mir keinen Schutz vor der Stimme in meinem Kopf und dem Augenpaar…»

Meine Stimme wurde immer höher, ich immer hysterischer. Larix starrte mich einfach nur an. Starrte mich an und hörte mir zu.

«Diese Stimme, welche, wie ich leider erleben musste, einem Dämon gehörte, vor welchem ich nur schon beim Gedanken an ihn, Gänsehaut bekomme.»

Tränen flossen über meine Wange. Tränen der Verzweiflung. «Verstehst du jetzt, weshalb ich endlich einmal ein paar Antworten auf meine Fragen, auf meine tausend Fragen haben will?»

Larix nickte zögerlich. Dann schlang er seine Arme um mich. Ich legte meinen Kopf auf seine Brust und weinte los. Noch immer wusste ich nicht, ob ich ihm vertrauen konnte. Doch gerade jetzt war es mir egal. Ich war froh, meinen Kummer und meine Sorgen bei jemandem ausgelassen zu haben. Ich war froh, dass ich mich einfach mal ausheulen konnte. Larix sagte nichts. Er hielt mich einfach im Arm und wartete, bis ich zu weinen aufhörte.

Als sich meine Tränen langsam auf den Wangen trockneten, liess er mich aus seiner Umarmung. «Veronica», flüsterte er. Seine Stimme war ganz sanft. Am liebsten hätte ich mich wieder in seine Arme geworfen. Doch Ultiroth machte sich urplötzlich in meinem Kopf bemerkbar.

«Sieht er nicht entzückend aus?», lachte er. Ich erstarrte.

«Eines muss man Larix ja lassen. Er sieht unglaublich gut aus. Kastanienbraune Haare, atemberaubend blaue Augen. Und dann diese Muskeln. Ein Jammer, dass ich nicht auf Männer, sondern auf solch reizende Damen, wie Euch stehe.»

«Lass mich in Ruhe, verdammt», fauchte ich. Ich spürte den verwirrten Blick von Larix auf mir, wie auch seine Frage, was los sei. Allerdings war meine Konzentration auf Ultiroth gerichtet.

«Meine reizende Veronica. Ihr wisst ganz genau, was ich von Euch will.»

Ich ballte meine Fäuste. «Und Ihr wisst ebenfalls, dass ich nicht vorhabe mich Ihnen hinzugeben!»

Ultiroth zischte: «Na dann werdet Ihr nicht mehr lange leben. Nicht in Larix's Nähe.»

Ich warf einen kurzen Blick auf Larix und musterte ihn, bevor ich meinen Blick wieder auf den Boden heftete. «Weshalb?»

«Sieht ihn Euch an. Denkt Ihr tatsächlich, es ist Zufall, dass Ihr als Uitar in der Vergangenheit landet und genau dem Geliebten ihrer Doppelgängerin begegnet? Denkt ihr dies wirklich?»

Ich dachte nach. Solch ein Gedanken war mir noch nie in den Sinn gekommen. Wie war es möglich, dass ich genau auf Larix gestossen bin. Dies konnte tatsächlich kein Zufall gewesen sein.

«Nein», gab ich geschlagen zu.

Larix machte sich bemerkbar. «Veronica, was ist los? Hört Ihr wieder die Stimme?» Ich nickte langsam. Er griff nach meiner Hand. «Kommt, kehren wir wieder zurück zur Burg. Ich besorg Euch dann gleich frisches Blut.»

Er sah mich an und fügte hinzu: «Ihr habt es dringend nötig.»

Unsicher hielt ich seine Hand, als wir zur Burg liefen.

«Wie gut kennst du Verbena und Larix wirklich?», flüsterte Ultiroth.

Ich versuchte ihn zu ignorieren. Doch seine Worte verschwanden nicht aus meinem Kopf. Er provozierte mich den ganzen Weg. Doch erst, als ich die Kyburg schon leicht erkennen konnte, sagte er etwas, was mich innehielten liess.

«Wusstet Ihr, dass Verbena ihm den Auftrag gab, ihre Doppelgängerin zu töten?»

Ich glaubte mich verhört zu haben. Diese Frau auf dem Gemälde soll Larix den Auftrag gegeben haben, mich zu töten? Aber wie konnte sie wissen, dass ich irgendwann aufkreuzen werde?»

«Dies ist unmöglich», entschied ich.

«Wenn es so unmöglich ist, weshalb hat Euch Larix bei euer ersten Begegnung angegriffen?»

Geschockt liess ich Larix Hand los und blieb stehen. «Woher wisst Ihr davon?»

«Veronica, meine liebe Veronica», säuselte er, «ich weiss alles über Euch. Ich bin für vieles in Eurem Leben der Grund.»

Plötzlich sah ich seine roten Augen. Sah wie sie mir gegenüberstanden und mich anstarrten.

«Ich bin der Grund, dass Ihr ein Vampir seid.»

«Wer seid Ihr wirklich?», zischte ich leise.

«Ich bin deine Rettung, Veronica.»

Ich verstand die Welt nicht mehr. Was auch immer hier vorging, ich wollte nichts damit zu tun haben. Ich wollte, dass dies endlich ein Ende fand.

«Versprichst du mir, mich wieder nach Hause zu bringen?», flüsterte ich.

«Veronica, ich verspreche es Euch. Und ein Dämon bricht nie seine Versprechen. Das könnt Ihr mir glauben.»

Erst jetzt wurde mir bewusst, dass mein Zuhause nie die Orte gewesen waren. Es war nie Venedig, Wladimir oder Moskau gewesen. Nein, es war Liz gewesen. Sie ist mein Zuhause. Dort wo sie hingeht, gehe ich mit. Ich wollte zu ihr zurück. Wollte zu meiner besten Freundin zurück.

Und ich glaubte Ultiroth. Ich wollte und musste ihm glauben, wenn ich die Hoffnung, zu Liz zurück zu kehren nicht verlieren wollte.

Traurig sah ich Larix an und trat von ihm weg. «Veronica?» In seiner Stimme schwank Unsicherheit.

«Ja», hauchte ich, «ja, du kannst reinkommen.»

Ultiroth Macht auf meine Seele zu lassen war alles andere als enspannt. Im Gegenteil. Starke Schmerzen breiteten sich von meinem Kopf aus. Ich hatte das Gefühl, als durchstäche man mich mit hunderten von scharfen Klingen. Mit schmerzverzerrten Gesicht liess ich mich auf den Boden fallen. Ich begann wild zu zucken.

Ultiroth nahm sich viel Zeit mit dem Übernehmen meiner Seele. Während die Schmerzen immer stärker wurden, konnte ich leise sein Lachen vernehmen. Ich hörte Schreie. Es waren meine. Schmerzerfüllte Schreie, welche aus meinem Munde glitten. Mein Blick wurde immer unschärfer, bis mir schliesslich schwarz vor Augen wurde.

«Veronica, geht es Euch gut?»

Vorsichtig öffnete ich die Augen. Die Schmerzen hatten wieder aufgehört. Ich befand mich nicht mehr im Wald, sondern im Bett. Larix stand über mich gebeugt.

«Veronica», flüsterte er geschockt, «was ist mit deinen Augen passiert?» Ich setzte mich auf. Larix trat einen Schritt zurück. Ich bemerkte seine Hand an seinem Dolch. Lauernd stand er da. Bereit, mich jederzeit anzugreifen.

«Wollen wir mal sehen, was den alten Larix so schockt?», lächelte Ultiroth.

Bevor ich es realisierte, stand ich vor dem Spiegel. Ich erkannte mein Gesicht beinahe nicht wieder. Meine Haut war bleicher als normal und glich dem weissen Schnee in den Bergen. Zusammen mit den dunkel blauen, schon fast schwarzen Augenringen sah ich schrecklich aus. Doch es waren die glühend roten Augen, welche mir einen Schrecken einjagten. Meine normale Augenfarbe war verschwunden. An ihrer Stelle die roten Augen, welche mich sooft verfolgt hatten.

«Wie gefällt Euch euer neues Euch?», fragte Ultiroth gespannt.

Ich betrachtete mich genauer. «Ich sehe furchterregend aus», antwortete ich.

«Nicht nur das», fügte er hinzu, «du bist der stärkste Vampir.» Er drehte meinen Kopf zu Larix. «Greif ihn an und mach in kampfunfähig.»

Ich konnte nichts dagegen tun. Blitzartig schellte ich nach vorne und stürzte mich auf Larix. Überrascht von meinem Angriff bemerkte er zu spät meine Faust, welche auf seinen Kopf zuschnellte.

Larix knallte zu Boden.

«Veronica, was soll das?», japste er erschrocken.

Ich wusste es nicht. Wusste nicht weshalb ich es zuliess. Doch Ultiroth beherrschte mich mehr, als ich erwartet hatte.

Larix rappelte sich wieder auf und stellte sich in Kampfposition. «Veronica, ich will nicht gegen Euch kämpfen.»

Ich lachte auf. «Ach ja. Ist es allerdings nicht Euer Auftrag mich zu töten?» Ich schlug zu. Knapp verfehlte ich Larix Gesicht. Er holte Schwung und versuchte mich mit dem Fuss zu treffen.

«Die Dinge haben sich geändert», keuchte er.

Mühelos wehrte ich seine Tritte ab. «Nun, ich habe mich auch geändert.

Larix gab nicht auf. Doch seine Tritte waren aufgrund des kleinen Abstandes viel zu kraftlos.

«Ach Larix», schmunzelte ich und packte ihn an den Schultern und riss ihn zu Boden. Er versuchte sich aus meinem Griff herauszuwinden, doch er war zu schwach. Zu schwach für mich. Nun war ich die Starke und er der Schwache.

Ich vernahm Ultiroths Stimme: «Hinter dir ist ein Holzpflock. Nimm ihn. Töte diesen Bastard!»

Ich griff zum Holzpflock und wanderte damit zu Larix's Brust. Dieser riss panisch die Augen auf.

«Veronica, hör auf. Dies seid nicht Ihr.»

Er versuchte mich von sich zu stossen. Doch ich setzte mich rittlings auf ihn.

«Verabschiedet Euch, Larix»

Ich schloss die Augen und stiess zu. Rammte mit voller Wucht den Holzpflock durch

Larix's Brust. Dieser schrie laut auf. Rippen brachen durch meinen Pflock entzwei. Ich liess den Pflock stecken und stand auf. Larix bewegte sich nicht mehr. Starr lag er da.

«Gut gemacht», lobte mich Ultiroth. Ich verschränkte die Arme vor der Brust und blickte ein letztes Mal auf Larix.

«Was nun?»

«Nun meine Liebe, geht es nach Zürich. Wir gestatten dem Hohen Rat einen lieben Besuch. Was haltet ihr davon?»

«Lass uns gehen.» Ich war bereit auf mein Neues Ich. Ich war bereit zu töten!

Ende von Buch 1

Herstellung und Verlag:
BoD - Books on Demand, Norderstedt
ISBN 978-3-7448-1791-2